今晚，星光依然燦爛

著✦非逆——繪✦九日曦

contents

第一章——超貼心的小老師 003
第二章——記得幫我保密喔 018
第三章——就只是這麼簡單而已 040
第四章——他不需要知道 061
第五章——小小年紀用什麼香水 073
第六章——妳值得我多寫一篇報告 091
第七章——就一個就好 108
第八章——開關一旦打開，就再也關不上了 125
第九章——她一直以來都搞錯了 137
第十章——如果妳要我停，我現在就停 149
第十一章——花錢買朋友這件事 162
第十二章——等明天過後再來反省 177
第十三章——不只天真，還很愚蠢 191
第十四章——如果當作是為了我呢？ 205
第十五章——她從頭到尾都沒有喜歡過我—— 217
第十六章——妳愛她嗎？ 229
第十七章——妳要問的，是女友才對吧 243
第十八章——潘朵拉的盒子 263
第十九章——話說出來，是要負責的喔 287
番外 301

第一章　超貼心的小老師

程文馨的雙手，分別提著裝有十幾杯手搖飲料的塑膠袋，沿著教學大樓的樓梯爬上三樓。沉重的飲品，使塑膠袋的提把深深陷進她的皮肉裡。但是她不是很在乎。她只是三步併作兩步地跑過階梯，快速回到屬於英語教室的那一層樓。

走廊上空無一人，只有各班老師上課時的聲音，細微地從教室的門縫中鑽出來。程文馨的喬丹球鞋踩在磁磚上的聲響和塑膠袋的摩擦聲，在長長的走廊中，幾乎可以形成回音。

她在英語教室的後門停下腳步。從玻璃窗中，她可以看見英文老師站在台上，比手畫腳地對著同學們說著什麼。

程文馨把塑膠袋放在腳邊，深吸一口氣。她要趁這個機會讓自己的呼吸稍微平復，也讓自己怦怦跳動的心臟冷靜一些。她不想讓自己看起來太可疑。

老師又說了一會話，然後拿起她的教學手冊，轉身在黑板上寫起字。

就是現在。

程文馨悄悄推開教室的後門，拎起放在門口的塑膠袋。一次一袋，她小心翼翼地把飲料放進教室裡，並用最靠近後門的那個座位擋住。

座位附近的幾個學生轉過頭來，對程文馨露出心領神會的微笑。程文馨對他們眨了眨眼，正打算要用唇語說些什麼，台上的老師卻在這時回過身來。

程文馨立刻挺直身體，對老師露出燦爛的笑容。

「嗨，老師。」她眨了眨眼睛，朝英文老師揮揮手。

程文馨四周的幾個同學爆笑起來。

上課途中去上廁所回來之後，沒有人會跟老師打招呼的。但是程文馨絕不會錯過任何跟葉蓉萱說話的機會。

講台上的葉蓉萱張開嘴，卻像是突然忘了自己要說什麼似的愣了一秒鐘。然後她精緻的眉毛扭成一個好笑的形狀，對著程文馨歪著嘴一笑。

「幹嘛？」她用英文對程文馨說道。「妳這樣看起來很可疑喔，文馨。」

「哪有？」程文馨也用英文回答，一邊對老師露出一個厚顏無恥的微笑。「我剛上廁所回來呀。」

對程文馨來說——或者對這所學校的大多數學生來說——上課時脫口而出的英文，已經是基本中的基本。自小學入學以來，程文馨就已經習慣許多課程，都是以英文作為教學語言。

她對英文從來沒有特別的喜好；真要說，她甚至有點厭煩英文。她的爸爸幾乎每年暑假，都會把她送去美國的夏令營，而且從來沒有問過她的意願。更小的時候，程文馨是一點也不期待暑假。她不喜歡坐十幾個小時的飛機去美國，就算是在有舒適座椅的商務艙也一樣；飛機上乾燥的空氣會讓她的頭髮變得毛躁，鼻尖因此脫皮。

但是一旦到了美國，她就可以有一個多月的時間，遠遠擺脫自己的爸媽。所以，嗯，她好像也沒什麼好抱怨的。

她不算是討厭英文，但是她很確定自己沒有喜歡過這個語言。對她來說，這就只是讓她在美國能夠生存的必要工具；無關好惡，而是一個必需品。

直到今年為止。

她拉開最靠近後門的座位，端端正正地坐下，把雙手放在桌面上。

「你們為什麼要笑成這樣？」葉蓉萱伸手指了指程文馨身邊的其他學生。「文馨做了什麼壞事嗎？」她對程文馨挑起眉，眼神中卻帶著好笑的神色。

程文馨抿起嘴脣，壓下自己喉頭冒出的笑意。

葉蓉萱一點也不像她在這一系列的美國學校中，遇到的其他老師。或許是因為年齡的關係，畢竟今年是葉蓉萱正式開始教書的第一年，比起老師，她更像是比他們年長了幾歲的大學姊。她沒有其他老師所帶來的距離感，好像除了上課之外，學生和他們就沒有其他關係了一樣。

並不是其他老師待他們冷淡或刻薄，不；只是程文馨總覺得，有些老師對他們的關心是無差別的那種，好像今天就算換成是其他學生，他們也會說出同樣問候的話語。只要他們走出這間教室，這些學生好像就成了一群隨機的青少年，沒有在老師的人生裡留下任何痕跡。

但是葉蓉萱不一樣。至少程文馨覺得，她對她來說不一樣。

「沒什麼，老師。」程文馨一本正經地大聲說道。「我只是覺得妳今天很漂亮。」葉蓉萱的一隻手飛到自己胸口。「噢，這麼貼心。」她往程文馨的方向行了一個屈膝禮。「謝謝妳。」

這次，連前排座位的學生也笑了起來。

程文馨看著老師大而溫柔的眼睛。老師微笑時，兩邊的嘴角都會顯出淺淺的酒窩。她濃密的捲髮束成一個簡單的馬尾，垂在一邊的肩上，身上簡單的白色T恤和合身的牛仔褲，使她看起來甚至不像是個老師，更像是大學生。

嗯，老師確實很漂亮，這是無庸置疑的事實。

「好啦，好啦，大家。」葉蓉萱舉起手，對著同學們的方向彈了彈手指。「我們繼續來看動詞時態，可以嗎？」

笑聲逐漸平息，教室裡的秩序再度恢復。

等到葉蓉萱轉過身，程文馨便拿出美工刀，彎下身，將放在椅子後方的飲料袋割開。她很小心，避免塑膠袋發出太大的窸窣聲。

「欸。」她拿起兩杯飲料，用杯底戳了戳走道另一邊的同學。「傳過去最裡面那邊。」

同學點了點頭，把加了料的飲料和粗吸管，傳到教室的最後一排座位。

每次上課偷叫外送，最有趣的部分就是這個了。分送飲料或零食的過程，對程文馨來說簡直就像是在玩某種電動遊戲。每當老師停下來對大家說話時，程文馨就會停下動作，把手好好地放在桌面上，放在老師可以看得到的地方。

在這所學校裡，他們的校風自由——這是所有的大人最喜歡掛在嘴邊的話。他們是美國學校，他們崇尚自由和自主學習。但是同時，他們卻也比任何其他學校更……排外；更自成一格。好像只要進了那座校門，外面的世界就和他們處於不同的時空了。

以前，她從來沒有意識到自己與其他人有什麼不同。她的生活一直都是建構在這個體系裡，這一切對她來說，再理所當然不過了。但上了高中後，程文馨在父母的安排下開始補習，她才開始發現，她和補習班裡的其他學生有多大的差異。

上課偷叫外送這件事，她以前甚至想都沒有想過，直到她聽見數學補習班坐在她隔壁的同學說起。天啊，她到底錯過了多少樂趣啊？

把這個小小的惡趣味帶進學校裡，程文馨把它視為自己的一個勝利。

她照著表格上大家填好的種類，把飲料一一傳給對應的同學。一杯杯的手搖飲料就像是下過雨後冒出來的香菇，從學生們的桌子上長了出來。

就在超過半數的同學都拿到自己的飲料後，葉蓉萱似乎才終於意識到哪裡不太對勁。

「等一下。」她瞪大眼，來回掃視著大家的桌面。「這些飲料是從哪裡來的？剛才還沒有，對吧？」

「有啊。」坐在講桌前的其中一個學生說。「老師妳眼花囉。」

「騙人。」葉蓉萱笑了起來。她的視線轉向程文馨，伸出手指。「文馨，又是妳在搞鬼對不對？」

和老師的視線對上時，程文馨感覺到自己的臉頰微微一熱。她咧開嘴，露出自己上排的牙齒。

「你們好過分喔。」葉蓉萱皺起鼻子。這次她的語調一轉，開口時，一句中文脫口而出。「沒有我的嗎？」

這是程文馨喜歡葉蓉萱的另一件小事：她並沒有非常嚴格地遵守校內全英語教學的規範——或者說，她只有在教學的時候才說英文。當她在和學生閒聊時（例如現在），她就會非常自然地切換成中文。

她的中文帶著和英文截然不同的口音，語調上揚、音調甜美，讓她聽起來更像個學生，而不像老師。

程文馨從椅子上站了起來。她就在等老師說這一句。

「當然有啊。」她在袋子裡翻了一下，然後拿出一杯飲料和吸管。她大步朝講台走去，把飲料放在桌面上。「四季春加珍珠椰果，少糖少冰。對吧？」

葉蓉萱臉上的表情，讓程文馨幾乎想要包下整間手搖店。「謝謝！」她說。「你們怎麼知道我喝什麼？」

程文馨得意地揚起下巴。她當然知道葉蓉萱平常喜歡喝的手搖飲。身為英文科的小老師，她已經不只一次在葉蓉萱的桌上看見這個飲料標籤了。

「因為我是超貼心的小老師啊。」程文馨對她眨眨眼。

「謝謝。」葉蓉萱又說了一次。「等一下妳跟我回去辦公室，我再給妳錢——」

「不用啦，老師。」程文馨說。「這是我請妳的。」

對她來說，幾十塊錢的飲料真的算不上什麼。如果葉蓉萱願意的話，她可以每天都幫她買飲料。就算要她每天幫老師買午餐都不是問題。她只是喜歡看老師臉上驚喜的表情，還有在她眼中留連的笑意。

「真是太貼心了。」老師把吸管戳進飲料的封膜裡，然後朝程文馨挑起眉。「但是這還是不代表妳可以上課偷偷跑出去拿外送。現在，回去坐下。」老師揮起手指，像是在揮舞魔杖那樣，指向程文馨的座位。

程文馨轉過身，往自己的位置前進，一邊努力克制自己的步伐，避免看起來過度雀躍。

她一邊把剩下的飲料傳給同學，一邊聽著葉蓉萱再度開始上課。但是程文馨得承認，剩下的課堂時間，她幾乎什麼也沒聽進去。

她只是看著葉蓉萱細長的手指捏著白板筆，盡可能地伸長手臂，在數位白板的最上緣寫著動詞變形的規則。老師的板書很美，她的英文字寫得像是電腦上打出來的手寫字體，像是可以在書店買到的那種寫手帳用的貼紙。

這學期，英文課是程文馨最喜歡的一堂課。

*

下課後，程文馨來到講桌邊，等著老師將桌子上的教材收拾起來。葉蓉萱正從教室外的洗手台洗完手走回來，一邊在牛仔褲上抹了抹潮濕的手指，留下深色的指印。

「走吧，文馨。」葉蓉萱用中文低聲說。「妳跟我去辦公室拿錢。」

「不用啦，老師。」程文馨對她抬起下巴。她本來就比老師高出一個額頭，再加上喬丹鞋的厚底，要對她展現出居高臨下的態度，一點也不難。「我就說了，我要請客啊。」

「哪有老師讓學生請客的啦。」

葉蓉萱把教師用的課本塞進她的托特包裡，連同她的耳掛式麥克風，還有她自己帶來的保溫水壺。程文馨伸出手，接過了老師的袋子。

十年級時，程文馨並沒有特別喜歡幫老師跑腿或搬教具，但是這學期，她一點也不介意。而且無論如何，看著葉蓉萱嬌小的骨架，程文馨總覺得她不幫忙，好像就有點說不過去了。

葉蓉萱拿起屬於她的那杯飲料，往教室門口走去。程文馨快步跟在她身邊。

「你們上別堂課也會這樣偷跑出去買飲料嗎？」

下課時間，走廊上鬧哄哄的一片。學生們的尖叫聲此起彼落，夾雜著偶然冒出的三字國罵。穿著拖鞋的學生在走廊上奔跑著，腳步聲劈啪作響。程文馨幾乎快要聽不見老師的聲音，她把頭湊到葉蓉萱身邊。

「什麼？」

老師又重問了一次。

「喔，沒有啊。」程文馨咧開嘴。「不是『我們』，只有『我』。而且，也只有英文課會。」

「所以你們是看我好欺負。」葉蓉萱瞪了她一眼，但是嘴角仍然上揚。

程文馨發誓，她真的不是故意要捉弄葉蓉萱。但是葉蓉萱給她的反應幾乎要讓她玩上癮。她伸出一隻手，勾住老師的肩膀。「才不是咧。我是知道老師妳人很好啊。」

「好吧。反正，不要在別堂課上這樣玩就是了。」葉蓉萱說。「我是不知道別的老師會怎麼樣，但是如果被教官抓到，我覺得教官應該沒那麼好賄賂。」

「所以，我用一杯飲料就可以收買妳了嗎？」程文馨輕快地說。「那我的平時成績可以加分嗎？」

葉蓉萱側過頭瞥了她一眼。「妳真的好可惡喔。」

程文馨發出一聲雀躍的大笑。天啊，如果不是因為她們現在在學校，她發誓，她絕對會忘記葉蓉萱是她的老師。

可不是每一個老師都有辦法忍受她的吊兒郎當。像是他們班的導師，就很不喜歡程文馨開口說不出一句正經話的態度。但是程文馨不在乎。她實在不是很想知道其他老師是怎麼看待她的。

就除了葉蓉萱。

師生倆沿著樓梯往下走，程文馨走在老師外側，替葉蓉萱擋住從旁邊跑過的其他學生。

「每次看到學生這樣暴衝，都會讓我想到《獅子王》裡面那群牛羚。」葉蓉萱說，然後自顧自地笑了起來。「妳這個年紀有看過《獅子王》嗎？」

「沒有欸，那是什麼？」程文馨回答。

葉蓉萱轉過頭來，瞪大雙眼，像是在看某種外星生物般打量著程文馨。

面對葉蓉萱驚恐的目光，程文馨笑了起來。「有啦，老師。我們也沒有差到那麼多歲。」

「我不知道啊。」葉蓉萱翻了個白眼，把嘴一歪。「你們現在的小孩，我都不知道到底哪些事情會是代溝了。」

「《鬼滅之刃》？《咒術迴戰》？」程文馨提議。「少女時代？」

「少女時代？」葉蓉萱大笑。「她們出道的時候妳幾歲啊？一歲？」

「好像是喔。」程文馨說。「我爸有收她們的專輯。每一張，每一個成員的封面。

每、一、個、版、本、都、有。」

雖然說起來有點丟臉，但是她爸爸收藏的偶像寫真，大概比程文馨這十六年來的照片加起來還多。

她想，她應該要很得意自己的父母是那麼跟得上時代的人，而且他們一點也不介意在嗜好上花錢。但是他們不只是把大把銀子砸在追星上，他們對於人生中很多事情，也都習慣用鈔票解決。

例如他們自己的女兒。每年暑假的夏令營，寒假的語言學校。下課後回家也不見爸媽的身影，只有程文馨永遠用不完的伙食費和零用錢。

以青少年的角度來說，有錢、有時間，又少了父母的緊迫盯人，這樣的人生簡直就是天堂。大多時候，程文馨也確實覺得，她的生活是沒什麼好抱怨的了。

但在某些時候，她的心底總會有一股沒那麼舒適的感受。她只是沒辦法指出那是什麼。

「好羨慕。」葉蓉萱說。「下次拍個照給我看？」

「好啊。老師妳想來我家看都沒關係。」程文馨說。

她是認真的。

她們走出教學大樓，沿著小走道往隔壁的另一棟教學樓走去。兩棟大樓之間的戶外走廊上，全是十年級的新生。

雖然才過一年，但程文馨現在能明顯地看出他們和她之間的差異。尤其是女孩子。那些女孩的臉上，似乎都還帶著國中生的稚氣，就連骨架都好像還沒完全打開。光是看她們弓著肩膀的站姿，她就知道她們才剛畢業沒多久。

程文馨的肩膀不算寬，但她已經習慣了在人群裡抬頭挺胸的模樣。只有剛入學的小菜鳥們，才會縮著身體，好像想要把自己藏起來似的。

來到英文老師辦公室後，程文馨幫老師把袋子拿到她的位置旁。葉蓉萱的桌子上擺著一疊厚厚的講義、筆記本，還有從他們這裡收走的英文作文。

葉蓉萱把飲料放在桌面上，從她的隨身包包裡拿出一個繡有太陽圖案的零錢包。

程文馨伸出手，一把握住她的手，阻止她的動作。

「我就說了，我要請妳。」程文馨說。「妳要是給我錢的話，我真的會生氣喔。」

葉蓉萱愣了愣，低頭看看她們交疊的手掌，然後嘆了口氣。程文馨可以感覺到老師的手背皮膚，光滑而柔軟，就貼在她的掌心。

程文馨像是觸電一般，動作有些僵硬地把手抽了回來，插進制服褲的口袋裡。

「好吧。」葉蓉萱說，一邊把錢包放回原位。

「老師，妳是不是沒有被學生請過啊？」程文馨的嘴一歪。

葉蓉萱聳聳肩。「沒有啊。你們是我的第一屆，以前會請我的，也都是我實習班上的老師。」

「真的嗎？」程文馨倒抽一口氣，故作驚訝地瞪大雙眼。「妳看起來不像是第一年帶班啊。」她當然知道了；在開學的第一天，葉蓉萱自我介紹時，她就清晰地記住了這件事。葉蓉萱說的每一句話，她都聽得一清二楚。

聞言，葉蓉萱抬起手，假裝要打她的肩膀。「我看起來很老嗎？」

「不是啦，我是說妳看起來很老練。是老練。」

「謝謝啦，文馨。」葉蓉萱對她微笑。「嗯，如果沒事的話，妳可以回去教室了。」

程文馨看著老師的臉，看著她淡淡的眉彩和精緻上揚的眼線。她在心底默數三秒，然後強迫自己在一切變得尷尬之前轉開視線。她勾起嘴角，向葉蓉萱點點頭。

她似乎沒有什麼理由繼續在辦公室裡待著了。尤其現在這裡好安靜，只有角落的辦公桌旁坐著另一個老師，正低頭認真地在桌上寫著什麼東西。她開始強烈地注意到，她和葉蓉萱之間只有不到一隻手臂的距離。

程文馨向後退了一步。

「老師，那我走啦。」她說。「明天見。」

葉蓉萱點點頭。「明天見。」

就在她準備轉身離開時，她又想到了另外一件事。

「老師，妳吃咖哩餃嗎？」

「啊？」

「家政課說這星期要做咖哩餃。」程文馨說。

「喔，我吃啊。怎麼啦？」

程文馨竊笑起來。「好唷。那妳星期五，記得便當帶少一點。」

「怎麼說？」

「家政老師說，三個咖哩餃的熱量，抵兩碗飯喔。」程文馨對著葉蓉萱錯愕的表情擺了擺手。「老師再見。」

然後她快步離開了辦公室。

這學期，她不只最喜歡英文課。她也最喜歡英文老師了。

第二章　記得幫我保密喔

比起聽見程文馨的聲音，葉蓉萱更像是聞到了她的出現。一股香辛料的氣味先鑽進了葉蓉萱的鼻孔，然後她抬起頭，正好看見一個瘦高的女孩身影站在英文辦公室門口。

「老師！」

程文馨的臉上堆著滿滿的笑容，眼睛瞇成一條細縫。當她朝辦公桌快步走來時，她的一頭黑髮在身後飛舞，在辦公室的日光燈下反射著柔和的光芒。

「噓。」葉蓉萱舉起一隻手指壓在嘴脣上，一邊忍不住微笑。「這裡是辦公室，妳不要大叫。」

「對不起。」程文馨縮了縮脖子。然後她舉起手上的小便當盒，一把塞到葉蓉萱的眼前。她壓低聲音，像是在跟她共謀似地說：「老師，這是剛剛做的咖哩餃。」她的視線在葉蓉萱的桌面上掃了一圈。「妳沒有帶便當嗎？」

雖然學校有大型的教職員餐廳，但是葉蓉萱還是習慣準備自己的午餐。一方面，她其實並不喜歡和那麼多的人一起吃飯。她更享受在安靜的辦公室裡，一邊用餐、一邊享受短暫屬於自己的時光。

「上次妳不是說三顆抵兩碗飯的熱量嗎？」葉蓉萱回答。「我就不敢帶啦。萬一胖死怎麼辦？」

程文馨的雙眼轉向她身上，來回打量了一圈，挑起眉。「老師哪裡胖了？明明就過瘦了吧。」

程文馨的一張嘴，總是像準備好了一本應答手冊，不管葉蓉萱對她說什麼，她都可以毫不停頓地找出話來回應。有時候，葉蓉萱甚至有那麼一瞬間忘記，程文馨是小了她將近十歲的高中生；她們講起話來，就像是葉蓉萱在和自己的大學同學們鬥嘴一樣。她得有意識地提醒自己，不要對著程文馨脫口說出某些違反教師道德的話，例如某些過度順口的粗話。

「不行，我拿一顆就好。」葉蓉萱說。

程文馨臉上的笑容依舊，但是葉蓉萱不太確定是不是她看錯了，她總覺得程文馨的眼中閃過了一絲沮喪的神情。

「老師，妳都拒絕我的好意。」程文馨噘起嘴，把小便當盒放在桌子上。「不管啦，反正三顆都給妳。蓉萱如果不要，那就拿給其他老師吃好了。」

葉蓉萱看著女孩一臉倔強的模樣，忍住內心嘆氣的衝動。雖然這只是十幾歲少女的鬧彆扭，程文馨微微彎起的眼裡，也閃爍著惡作劇的光芒，但是葉蓉萱實在沒辦法承受別人這樣對她說話。

說是她心太軟也好，說是她對自己的英文小老師有私心也好——她實在不想看著每天跟在她屁股後面打轉的女孩，面露失望之情。

「我沒有拒絕妳呀。」葉蓉萱說。「妳看，如果我沒帶便當、又被妳放鴿子，我不就要一路餓到下午了嗎？」

程文馨翻了一個白眼。「我才不會放妳鴿子呢。」

「好啦，所以我這不是吃了嗎？」

葉蓉萱打開保鮮盒的盒蓋，拿起其中一個金黃油亮的點心，以誇張的動作咬下一大口。濃郁的咖哩香味在嘴中擴散開來，酥皮的口感和綿密的內餡交疊。原本只是為了要滿足程文馨的虛榮心，但葉蓉萱又忍不住咬了第二口。

嗯，她可以理解，為什麼家政老師要提醒他們熱量了。因為這東西就是會不小心吃得太多。

「好吃嗎？」女孩問。

葉蓉萱點點頭。她希望她的眼神夠誠懇。「太厲害了，這是妳們第一次做嗎？」

「對呀。」

程文馨的微笑再度擴大。文馨笑起來時，鼻翼兩側的肌肉會向上牽動，使她的臉看起來像是某種小動物。葉蓉萱一邊吃著手中的點心，一邊看著女孩的樣子。她用手肘推了推便當盒。

「妳也拿一個吧。」她對程文馨說。「妳自己做的，妳沒有吃到嗎？」

「嗯！」

程文馨將不到手掌大的咖哩餃舉起來，湊到葉蓉萱面前。「老師，乾杯！」

葉蓉萱顧不得自己嘴裡都是食物，笑了起來。在這間學校任教一個多月的時間中，她從來沒有想過會有一個學生，能讓她隨時想到都面露微笑。

以前實習的時候，或許是因為她知道自己只待幾個月就會離開，她也很清楚，她和那些孩子們的緣分就只有那短短的幾週。

但是這個班級不一樣。這是她正式出來教書後接到的第一個班級。雖然她只是個代理教師，但這群孩子，是第一次真正屬於「她」的學生。

而程文馨則是這群女孩當中，最吸引她目光的人。

或許是因為這間學校的體制關係，學校裡同一個年級的大多數人，都已經認識彼此好幾個年頭了，身邊的老師們也是。葉蓉萱身為這所學校的新人，那種格格不入的感覺，幾乎是觸手可及的、某種有實體的存在。

但是程文馨不一樣；當班上所有的學生都以好奇的眼神打量著這個從未見過的新老師，使葉蓉萱都忍不住開始懷疑她是不是襯衫扣子沒扣好的時候，程文馨卻自告奮勇地舉起手，擔任她的英語小老師。

程文馨絕對不是班上最乖巧的學生，不，差得遠了。但是葉蓉萱在這間學校第一個星期的課程，幾乎都是靠著程文馨和她的一搭一唱，才不至於讓她緊張地在講台上手汗直流。

可以這麼說，因為有了程文馨主動伸出的手，葉蓉萱才得以順利地融入這個班級的教學。

「老師，我們下午見喔。」程文馨對她說。「再不去餐廳，我大概就真的要餓肚子到放學了。」她的眼神閃閃發亮，像是在期待著葉蓉萱說些什麼。

還來不及阻止自己，葉蓉萱就伸手推了她的身側一把。「快去吧。」

程文馨「哈」地大笑一聲，對葉蓉萱做出類似行三指禮的動作，然後轉身往辦公室的前門跑去。

等到程文馨蹦蹦跳跳地離開後，葉蓉萱才站起身，從微波爐裡拿出她帶來的便當。今天，她的餐盒裡只有一片雞胸肉和水煮的青菜。她不禁失笑；她可是認真有把文馨的話聽進去的。

「妳跟妳學生感情也太好了吧。」隔壁辦公桌的老師對她說。「年輕真好。」

「可能覺得我年輕好欺負吧。」葉蓉萱回答。「這是菜鳥老師的悲哀呀。」

不過，真要問她，她倒是一點也不覺得悲哀。

*

週一下午的第一節課，就是程文馨的英文課。一如往常，葉蓉萱在吃完午餐、清理過桌面後，便把墊在背後的小抱枕拿到桌面上，想要快速地睡個午覺。

但是今天，無論她怎麼調整姿勢，她似乎都沒有辦法入睡。她腦中還不斷盤旋著前一天晚上，她和男友電話中的爭執。

從交往到現在，三年以來，男友鄭宇廷對她的態度一直都沒有變過。事實上，或許只有越來越好的趨勢。每一次約會前，他都會像是要準備出門散步的小狗狗一樣，歡快不已。

就算他們身處不同的城市，相隔了將近一百公里的距離，他們都還是照例每個週末一起過夜。如果鄭宇廷週五沒有加班，他就會直接搭高鐵來與葉蓉萱見面。如果是加班日，那麼他們就會是星期六才約會。

她身邊的朋友，沒有一個人不羨慕她的。她們都說，他們感覺就快要結婚了。現在就差求婚那一步了。

但葉蓉萱對於結婚這件事，還沒有那麼急。或者說，她還沒有很確定。

現在的她還只是代理教師。如果她這兩年考上正式老師，那麼她會去哪一個城市還不知道呢。她不希望婚後，他們還像這樣分隔兩地。但若是她真的考上距離更遠的學校，那他們又該怎麼辦？

昨天晚上，鄭宇廷搭高鐵回家後，他們照例在睡前通了電話，但是話題卻從討論下週末要一起去逛的市集，不知怎麼地轉向了結婚。

面對鄭宇廷的提問，葉蓉萱不知道該怎麼回答。但她的遲疑，當然沒有逃過鄭宇廷的耳朵。

「每次我問妳的時候，妳都是這個反應。」他說。他的聲音很冷靜，但是葉蓉萱聽得出來，那是他不滿的時候才會有的語氣——帶著一點失望、或許還有一點受傷。

「嗯。」葉蓉萱在手機的這頭咬著嘴脣，思索著要怎麼回答，才不會更加刺傷男友。「我們討論過很多次啦。要等我先考上正式之後，我才有辦法知道接下來要怎麼辦呀。」

「所以如果妳考不上，我們就永遠不用結婚了，是嗎？」

鄭宇廷的聲音並不大，至少在電話中聽起來不大。但是這句話的力道，卻大得令葉蓉萱意外。她就像突然被甩了一巴掌那樣，眼眶突然一陣刺痛。

她不確定鄭宇廷是不是故意的——她相信她的男友沒有惡意，因為鄭宇廷並不是這樣的人——但是這句話，卻戳中了她一直都在擔心的痛處。

許多葉蓉萱的同學，從碩士畢業後到現在超過三年的時間，也都還沒有考上正式的教師。她無法知道自己會不會是那個百分之零點幾的幸運兒之一，事實上，她更相信自己不是。葉蓉萱一直告訴自己不要多想，好好備考就是了，因為她知道，只要她開始鑽牛角尖，她就會連覺都不用睡了。

鄭宇廷不是不知道她的焦慮和擔憂，他比任何人都清楚。

但是他現在卻拿這個來質問她。

「所以，你覺得我考不上，是嗎？」葉蓉萱輕聲問道，試著把快要溢出眼眶的淚水吞回去。「你一直都這樣覺得嗎？」

「我不是這個意思。」鄭宇廷重重嘆了一口氣。

「但是我聽起來，就是那個意思。」

最後，這個話題和這通電話在一片混亂中結束了。葉蓉萱哭了，鄭宇廷道歉了，然後兩人草草說了晚安和再見。葉蓉萱自己又躺在床上哭了好一陣子，直到她昏昏沉沉地睡著。

今天早上醒來時，她看見手機上有著鄭宇廷一如往常的早安訊息，還有另一則道歉。葉蓉萱回了他一個親吻的貼圖，然後就開始了自己準備上班的例行公事。

午餐時間開始時，鄭宇廷又傳來了另一則訊息，就像沒事了一樣，內容是他們這週末要一起去逛的市集活動網站。

雖然他們的話題看似恢復了平常的熱絡，但葉蓉萱知道，她還沒有辦法忘記昨天晚上的對話。儘管她的情緒反應一部分是針對鄭宇廷，但另一部分，她自己很清楚，是她心底也有個聲音不斷在質問她一樣的話。

如果她考不上呢？她要讓自己堅持考多久呢？

她不想成為萬年考生。但是，停損點該設在哪裡，什麼時候才不會算是太早放棄？

葉蓉萱把臉埋在抱枕裡，壓抑住一聲嘆息。她又換了一次姿勢，把一隻手伸到抱枕下方。最後，她一定還是睡著了，因為朦朧中，不知是什麼東西碰到了她的臉。葉蓉萱伸手抓了抓嘴邊的皮膚，撥開頭髮，轉過頭去，想要再多睡一會。

但是那一縷討厭的頭髮又落到她的另一側臉頰上。葉蓉萱低哼了一聲，再度用手背抹抹臉。

「——師，老師！」

女孩清澈而嘹亮的聲音在她的耳邊炸開，使葉蓉萱倏地睜開雙眼。她的眼前，出現了一張清秀的面孔，距離近得使她能在那雙墨黑的虹膜中，看見她自己的臉。

「啊？」

葉蓉萱的頭猛地一抬，卻被程文馨的手指戳中了臉頰。突然過猛的動作令她有點頭暈目眩，她閉上眼，深吸一口氣，讓自己上升的體溫逐漸恢復原狀。

她現在在哪裡？現在幾點了？

短暫失去現實感的葉蓉萱，大腦緩緩地將答案拋回她的意識裡。對，她在辦公室裡。現在午休時間已經結束了。她得去上課了。

在她睡著之前，她是在——

不行，她現在沒有時間去想這個。此刻的她，先是老師，而不是鄭宇廷的女友。

當她再度睜開眼時，程文馨正靠坐在她的桌面上，睜大一雙眼睛，歪著嘴角，饒有趣味地打量著她。

「嗨，文馨。」葉蓉萱抹了一下額頭，上頭似乎浮出一層薄薄的汗。

剛才……是文馨戳了她的臉頰嗎？

「老師。」程文馨嘴角的弧度擴大，站直身子。「妳知道已經上課了嗎？」

「什麼？」

葉蓉萱立刻看了一眼擺在桌子上的小時鐘。時間已經超過一點十分了。她不僅錯過了午休結束的鐘聲，就連上課鐘也沒有聽到。

她急急忙忙從椅子上跳起來，卻差點被自己午睡前脫下的帆布鞋給絆倒。

「老師，妳小心一點。」程文馨眼明手快地抓住她的手臂。

葉蓉萱只覺得面孔一陣發燙。這讓她回想起自己學生時代，好像怎麼睡都睡不飽的時期。每天晚上十二點過後才睡，早上六點就要起床，趕著七點要到學校，在第一節上課前先考一張考卷的那段日子。每天早上，當她的媽媽拍打著她的屁股，警告她再不起床就會錯過早自習的時候，她都會產生現在的感覺。

太丟臉了，好像她沒有能力為自己負責似的。現在才開學一個月，就被學生抓到睡過頭的糗樣。這樣她在他們面前，還能不能保持作老師的威嚴？

如果妳考不上——

不知為何，鄭宇廷的聲音突然竄進了她的腦海，像是指甲刮過黑板的刺耳噪音般，刺激得她頭皮發麻。她相信她是個好老師。或者說，她知道考不考得上正式教師，跟她是不是個好老師，之間還有許多的模糊空間。但是有那麼短暫的一瞬間，她突然感覺，她在實習期間累積起來的自信，居然產生了一道無法抹滅的裂痕。

就因為鄭宇廷的那句話。

也許到頭來，她並沒有像自己以為的那樣，對自身的能力有那麼強烈的信心？

葉蓉萱的鼻頭突然一痠，眼眶刺痛。她咬住嘴脣，垂下視線。「謝謝。」葉蓉萱囁嚅地說道，一邊趕緊把鞋子套上。

當她回過身時，程文馨已經提著她的教材袋站在桌邊了。程文馨的眼神快速在她的臉上掃了一圈，一邊的眉毛微微向上揚起。但是她什麼也沒說，只是環顧了辦公室一圈，然後對葉蓉萱彎下腰，行了半個禮。

「老師，這邊請。」

葉蓉萱感覺到自己的嘴脣浮現一絲笑意。她抓起桌面上的手機，塞進口袋裡。

師生倆往英文教室的方向前進。葉蓉萱的腳步忍不住越來越快，但是走在她身邊的程文馨，卻拖著腳步，看起來好整以暇。

「快呀，文馨。」葉蓉萱對她說。「都已經遲到了。」

「對啊，反正已經遲到了。」文馨聳聳肩。「遲到五分鐘，跟十分鐘有什麼差別？」

「差別就在，你們等一下要讓我補課補十分鐘。」葉蓉萱說。「這樣你們就沒有下課囉。」

聞言，程文馨只是眨了眨眼。「反正是下一堂課的老師要讓我們去上廁所。我們不吃虧啊。」

有時候，葉蓉萱都懷疑，自己是不是真的對學生太好了，才會讓文馨對她說話的時候這麼沒大沒小。但是話說回來，她好像又沒辦法否認她的話。

「老師，妳等一下就說我在問妳問題，不小心耽誤到了吧。」

葉蓉萱愣了愣，轉頭看向她。程文馨把手一攤。

「反正我是妳的小老師，在辦公室多問妳幾個問題，對大家來說也很合理吧。」

「可是……」

這只是一件無傷大雅的小事。這麼說既可以維持她在學生面前的形象，也不會造成任何影響。但葉蓉萱實在不喜歡撒謊，任何事情都是。

小時候她撒過的謊，可沒為她帶來什麼好處；她永遠都記得，為了假裝自己真的有乖乖唸半小時的英文文法，她自作聰明地把時鐘往前調快了十分鐘，被媽媽發現後，她又想不到更好的藉口來解釋，書桌上的時鐘為什麼和客廳時鐘的時間不一樣。最後她被媽媽處罰，把課本上的例句多抄三遍，來彌補她逃避的那十分鐘。

尤其這個小藉口，事實上是在把責任推到自己的學生身上。她才是這裡的大人；她為什麼要讓一個孩子替她承擔遲到的責任？

「放心，老師。」程文馨勾住她的手臂，對她擠眉弄眼了一番。「妳的小祕密在我這裡很安全的。」

這次，葉蓉萱長長地嘆了一口氣。「好吧。」她看了文馨一眼。「別扯我後腿喔。」

「怎麼會？」程文馨在一旁唱歌似地說道。「我對老師最好了。」

葉蓉萱不得不承認，這句話是事實。

由於已經上課一段時間，此時通往教學大樓的走道上，除了她們之外，一個學生也沒有。不遠處的操場上，只有幾個班級的學生在上著體育課，就像一群群的草原生物般，聚集在操場的各個角落。

「欸，老師。」程文馨突然開口。「妳剛剛在哭嗎？」

「啊？」

葉蓉萱的心臟突然重重地跳了一下。她倏地看向走在她身邊的程文馨，但是女孩臉上掛著嚴肅的神情，和剛才嬉皮笑臉的模樣大相徑庭。

「沒有啊。」葉蓉萱轉開視線。「應該是剛睡醒吧，所以眼睛紅紅的。」

「騙人。」程文馨的聲音比她肯定得多。「妳的鼻子也是紅的，而且妳看起來很不開心。」

是嗎？葉蓉萱壓抑住抬手搓揉自己臉頰的衝動，以免讓自己看起來更心虛。她不確定自己現在是什麼表情，但是要一個高中生解釋這個，好像又有點太強人所難了。

「沒事啦。」最後，葉蓉萱只是這樣說。

「是和男朋友吵架了嗎？」

這個問題讓葉蓉萱愣了愣。她從來沒有和學生提過自己男友的事；但話說回來，對這個年紀的學生而言，除了課業之外，最大的煩惱，大概也就是戀愛了吧。

她的猶豫讓她錯過了最佳的否認時機，而程文馨像是確認了什麼事般，自顧自地點了點頭。然後她把手臂從葉蓉萱的手下抽了出來，勾住她的肩膀。

「老師不要哭嘛。」程文馨說。「如果妳不開心，妳可以跟我說啊。」她的手指捏了捏葉蓉萱的肩頭。

「跟妳說有什麼用？」葉蓉萱忍不住露出微笑。「妳是什麼戀愛大師嗎？」

「嗯……不是。」程文馨承認。然後她對葉蓉萱咧開嘴。「但是我可以逗妳開心啊。哈，這妳就不能否認了吧？」

又一次，葉蓉萱得說，她說得沒錯。

「沒事啦。」葉蓉萱重複道。「哪對情侶不吵架的，對吧？」

「如果是我，我才不會跟我女友吵架。」程文馨哼了一聲。「而且還是在午休的時候？為什麼要在上班時間吵架啊？」

「他沒有在上班時間跟我吵架——」

葉蓉萱嘆了一口氣。她真的沒有必要解釋給程文馨聽。而且，她們也沒有時間了。

她們走進教學大樓的雙扇門，走上把手擦得閃閃發光的樓梯。

「你們該不會是在吵約會的地點吧？」程文馨問。

「嗯？」

有那麼一瞬間，葉蓉萱無法理解她這天外飛來一筆的聯想是從哪裡冒出來的。然後她才意識到：睡著之前，她正在查明天要和男友去的餐車市集有哪些攤商。她一定是把手機放在桌面上，忘記把螢幕上鎖，就被程文馨看見了。

程文馨直勾勾地望著她，等待她的回應。「妳想說什麼啊，小屁孩？」葉蓉萱伸手揉了揉她的頭髮。「不要打探老師的隱私。」

「我這叫關心。」程文馨揚起下巴說。「老師，妳是要去約會嗎？」

「幹嘛？」

葉蓉萱沒有正面回答她的問題，只是好笑地看了她一眼。

「沒幹嘛啊。」程文馨說。「約會就約會，有什麼好不能說的？」

兩人爬上三樓的樓梯口。葉蓉萱又打量了她一眼，看著她若有所思的模樣。

葉蓉萱不確定程文馨想要從這個對話裡獲得什麼，又或者，高中的女孩並沒有想到得到任何東西，只是喜歡討論八卦而已。她自己在這個年紀的時候，會好奇老師的感情生活嗎？她不記得了，也許是因為，在她的印象中，她的高中老師們幾乎都是已婚人士，而她理所當然地接受他們每個人都有家庭、而家家有本難唸的經這個事實。

確實，這也不是什麼大不了的事。有什麼不好說的？

「我們不是在吵約會地點啦。」眼看教室就在幾步遠之外，葉蓉萱很快地低聲說道。「妳知道河濱公園的市集嗎？我們週末應該會去走走。」

程文馨的眼睛一亮。「知道啊。」她問。「那個好玩嗎？」

「不算是好玩，更像是好吃吧。」葉蓉萱說。「但妳要記得幫我保密喔。我可不希望我的約會日變成校外教學。」

「廢話。」

程文馨對她眨了眨眼。然後她一個轉身，用肩膀把教室門給推開。葉蓉萱跟在她身後走了進去。

「老師，妳遲到了！」坐在第一排的一個學生對葉蓉萱用英文喊道。

葉蓉萱的臉頰一熱，反射性地想要開口道歉，但程文馨卻搶先了她一步。

「因為我剛剛在偷問老師期中考題庫。」程文馨用中文回答。「小老師有特權。」

有人在教室後面發出一聲爆笑，接著青少年們對程文馨響起此起彼落的吐槽聲，教室裡鬧哄哄地吵成一團。有人要求葉蓉萱也把題庫告訴他們，而葉蓉萱睡過頭的小危機，就這樣不著痕跡地過去了。

＊

那天晚上，回到自租的小公寓、洗完澡後，葉蓉萱又翻開她的教師手冊，繼續準備隔天的教學進度。

她所租的套房位在鬧區附近的巷弄中，一棟老公寓的三樓。雖然房間的坪數並不大，但葉蓉萱搬到台北來時，就盡可能把這裡打造成一個能夠讓她舒服休息的地方。

此刻，她盤腿坐在地毯上，就著床邊的落地燈，在矮茶几上看著她做的筆記。她打開平板電腦，一邊審視自己做好的投影片，一邊根據今天教學的內容，修改下星期的教案。

她的頭髮還沒有擦乾，盤在頭頂上，用一條毛巾包著。她身上的T恤是從大一穿到現在的班服，原本亮眼的水藍色，都已經洗到發白了。

她專心地在教師手冊上寫著註記，完全沒有注意到時間。當手機在桌面震動起來時，葉蓉萱差點嚇得把平板都打翻。

她低下頭，看見螢幕上跳動著鄭宇廷的名字。

「嗨。」她按下接聽鍵，然後把手機靠在一旁的水杯上，讓鏡頭能把她的整張臉拍進去。

「嗨，親愛的。」鄭宇廷的臉出現在螢幕上。他的聲音依然溫柔，好像他們前一天晚上的爭執不存在一樣。

「下班啦？」

葉蓉萱低下頭，繼續把寫到一半的句子寫完。

「對呀，發瘋。」鄭宇廷的語氣聽起來悲慘到不行。「本來我東西都收了，都要準備下樓了。突然又被主管叫回去，說要討論下星期和客戶開會的事。」

「這麼可憐。」葉蓉萱笑了起來。「那週末就多吃一點好料，補償一下呀。」

「對啊，市集！餐車！」鄭宇廷說。「我星期六早上十一點的高鐵喔。直接跟妳約在河濱嗎？」

「好啊。」

葉蓉萱翻過一頁教材，看著新的單元。

「葉蓉萱。」

「嗯？」

她抬起頭，正好對上鄭宇廷笑得露出瞇起的雙眼。

「沒啊，妳太認真在做別的事了。」他說。「我只是想要看一眼我女朋友的臉。」

「有什麼好看的啦，我現在超醜。」葉蓉萱指了指自己頭上頂著的毛巾。「我連頭髮都還沒吹。」

「還是美啊。」鄭宇廷的頭湊向鏡頭，來回打量著她的臉。「妳是不是都沒有好好吃飯？臉都凹了。」

「我？哪有。」葉蓉萱搓了搓自己的臉頰。「我最近零食吃很多。要胖死囉。前幾天我不是才吃了咖哩餃嗎？」

「好羨慕。」鄭宇廷說。「有學生的愛心點心可以吃。」

男友嚮往的表情簡直像是漫畫裡的人物，讓葉蓉萱笑了起來。「女生才有這種啦。以前我們也都會做給老師和學姊啊。還會送給超帥的教官。男生應該都是自己吃掉吧。」

「那妳學生怎麼不給她學姊？」鄭宇廷的嘴一歪，露出不懷好意的微笑。「她該不會暗戀妳吧？」

「並、沒、有。」葉蓉萱翻了他一個白眼。

這已經不是鄭宇廷第一次拿這件事開玩笑了。他不知道是從哪一部漫畫或影集看來的劇本，總覺得年輕女老師在學校裡，都會成為學生追捧的對象。

你不懂啦，葉蓉萱當時是這樣告訴他的。我的目的就是要跟學生打成一片啊。

如果要真正有效的教學，首先，就要把自己放到跟學生一樣的高度；這樣她才能知道學生在學習上面對什麼困難，又該怎麼突破。這是她在實習期間，就已經決定好了的事情。

只是究竟該和學生近到什麼樣的距離？這一點，她仍在拿捏。

她想到了程文馨，還有那張總是看來像在計畫什麼惡作劇的笑臉。

她無疑是和她最親近的學生之一，但是真的和學生平起平坐，對她的教學又有什麼實質幫助？至少，她目前還看不出來。

「萱？」鄭宇廷的聲音喚道，把她拉回現實。「視訊lag了嗎？聽得到嗎？」

「啊，我在啊。」

「我剛才說，妳不要太晚睡啦。」鄭宇廷說。「好期待週末約會啊。」

葉蓉萱對他露出甜甜的微笑。「對呀。期待。」

「那我們就明天再聊囉。」鄭宇廷說。

「好唷。」

「愛妳。」

「愛你。」葉蓉萱對著螢幕噘起嘴，送出一個飛吻。

道過晚安後，視訊電話就切斷了。葉蓉萱把手機螢幕鎖上，然後繼續讀起她的教師手冊。

她很慶幸鄭宇廷沒有再提起和考試有關的話題，或是結婚。如果可以，葉蓉萱也想要先暫時忘記這些事背後所代表的意涵。她只想要先專注在唸書和教書上就好、先把眼前的事做好就好。

這樣會讓事情變得簡單很多。

第三章　就只是這麼簡單而已

雖然程文馨不是第一次來河濱公園，但老師所說的這個市集，她倒是頭一次聽說。她特別查好了市集開場的時間，然後在星期六的早上十一點，搭著Uber來到了河濱。

還沒走到市集的入口，程文馨就已經看到人們穿著光鮮亮麗的服飾，正在往公園的更深處移動。程文馨低頭看了一眼自己腳下踩的Air Force復刻款，還有美國品牌的緊身T恤及寬版牛仔褲。

脫去索然無味的制服之後，她覺得自己看起來一點也不像高中生，而在她內心深處，她是非常得意的。程文馨甚至還上了一點淡妝。那些專櫃品牌的礦物粉底，要是不好好利用，不就太可惜了她父母給的零用錢嗎？

化妝這件事，在程文馨的同學之間，並不算是太特立獨行的行為，事實上，正好相反。班上的女孩幾乎一個個都會化淡妝上學，而只要不要太誇張——例如把自己畫成死亡金屬樂團主唱的模樣——教官通常都是睜一隻眼、閉一隻眼。這樣才符合他們適性發展、讓學生有最大程度自由的規章。

但或許正因如此，程文馨反而更不想帶妝上學了。當所有人都在這樣做的時候，她就產生一股更強烈的抗拒。

週末的早上為自己上一點妝，對程文馨來說，比起在意自己的臉是否變得更光鮮亮麗，她更在乎的是那種儀式感，把上學的日子和放假的日子區分開來。

早上起床時，程文馨的父母就已經在準備出門了；他們好像要去某個朋友位於陽明山上的別墅「敘舊」，而雖然他們沒有事前告知程文馨這個行程，在出發前，他們至少還記得禮貌性地問她要不要一起去。

「跟我們去吧。」她媽媽說。「他們的女兒年紀跟妳差不多，妳們可以一起玩。」好像程文馨還會跟同齡的女孩一起玩辦家家酒似的。有時候，程文馨都懷疑，他們是不是忘記自己的女兒已經是十七歲、幾乎要成年的青少女了。

而她為他們省了一大麻煩，直接回絕了。「沒關係。我跟別人有約了。」她說。「我們要去逛市集。」

這句話只能算是半個謊言。

她不知道葉蓉萱是哪一天要去，她甚至不知道自己為什麼要去。但是，管他呢。這只是為了好玩，為了打發時間而已。與其一個人在街上閒逛、或是把一整天都浪費在網路上，來市集製造和葉蓉萱的巧遇，感覺有趣多了。

光是想到等一下她也許有機會看見葉蓉萱錯愕的表情，程文馨就忍不住竊笑出聲。捉弄自己的英文老師，已經榮登她這學期在學校最喜歡的娛樂了。

於是程文馨現在就在這裡，看見不遠處寫著市集名稱的立牌。

程文馨在立牌前停下腳步，掏出手機，拍了一張立牌和後方餐車們的照片。今天的陽光很好，照片拍起來很美；彩色的三角旗在人們的頭頂上隨風搖曳，餐車和攤位的招牌色彩鮮豔，印出來的商品示意圖，看起來更美味了。她得意地把手機塞回包包裡，然後漫無目的地走進了市集會場。

她在靠近入口處的其中一輛餐車旁，買了一杯莓果氣泡水。然後她一邊咬著吸管，一邊在攤販之間穿梭。

架起來的大音響，播著歡快的夏日音樂。程文馨享受著碳酸飲料在嘴裡刺麻的感覺，跟著耳熟的旋律哼唱著，眼神在四周的人潮中搜索。

她的運氣究竟夠不夠好呢？

然後，她的視線彷彿受到某種磁力吸引，就像是有一道聚光燈打在人群之中似的，程文馨看見她了。

葉蓉萱的身材，在女孩之間稱不上是高挑。她的髮色也不是最特別的顏色，只是最普通、最柔和的那種棕色。但是不知為何，程文馨還是一眼就認出她來。

這是她第一次在校外見到葉蓉萱。和平常上課時的穿著完全不同，老師穿著一件橘色的連身裙，套著一件針織的小外套，連身裙的質料輕盈而薄透，在溫暖的微風下飛舞，露出腳下的綁帶涼鞋。

此時，葉蓉萱臉上，正掛著燦爛到比陽光更耀眼的笑容。程文馨看著她瞇起的雙眼，突然覺得頭皮和後頸一陣發麻。

她絕對是她這輩子見過最漂亮的老師。也是她見過最漂亮的女人。

程文馨猶豫著自己要不要跑過去跟她打招呼，或是等她和她的約會對象走過來時再說——那個走在她身邊的男人，就是老師的男朋友嗎？

她的視線落在兩人牽著的那隻手上。即使還隔著一段距離，她也能看出葉蓉萱和男人的十指交扣。

不知為何，程文馨的心跳怦怦加速了起來。

然後她的雙腿就像有了自己的意志，帶著她往老師的方向快步走去。

「老師！」

她發誓，葉蓉萱看見她時臉上的表情，她大概可以記得一輩子。老師的眼睛倏地睜大，眉毛向上揚起，臉上的笑容凝固了那麼一秒鐘，先是驚嚇，但接著就像是驚喜；然後她的眼神軟化了下來，露出程文馨平時最喜歡的，連眼神都在微笑的模樣。

而且，程文馨很確定自己沒有看錯。當葉蓉萱看見她時，她和男人牽著的那隻手明顯地顫抖了一下，好像做了什麼壞事、在猶豫要不要把手藏起來似的。

「文馨。」葉蓉萱把提在手中的小包勾到手肘上，然後對程文馨伸出手。「妳也來啦？妳一個人嗎？」

「對啊。」程文馨對她露齒一笑。「聽妳說了這個市集，就想說來看看。我從來沒有來過耶。」

順便碰碰運氣，看能不能遇到妳啊。不過這部分，程文馨當然沒有說出口。

葉蓉萱抓著男人的手晃了晃，把男人往前拉了一步。「來，跟妳介紹一下，這是我男友。」然後她轉向男人，一手搭上程文馨的肩膀，對他說：「這是文馨，是我班上的學生。」

老師的手在她肩上，感覺沉甸甸的，而且意外地炙熱。程文馨把手插進牛仔褲的口袋裡，翹起腳尖。「你好。」她歪著頭，打量了一下這個以男友的身分站在老師身邊的男人。

他長著一張很好看的臉，身材高大，修長的手指和葉蓉萱細瘦的手形成鮮明的對比。

程文馨強迫自己把視線從老師與男友相扣的手上轉開，再度看向葉蓉萱的臉。

「哎唷，今天文馨有化妝喔。」葉蓉萱的眼神在她臉上打量了一圈，對她眨了眨眼。「看不出來，化得挺好的嘛。這樣很美唷。」

程文馨覺得臉頰一陣溫暖。被老師誇獎外表，不知為何，令她感到格外害羞。她垂下視線，然後咧開嘴，再度看向葉蓉萱。「老師，妳今天也打扮得太好看了吧。約會就是不一樣。」她靠上前，用手肘撞了一下葉蓉萱。「以後上課也穿成這樣不好嗎？」

「上課又不是去選美。」葉蓉萱笑了起來。「我打扮給誰看？你們這些小屁孩嗎？」

程文馨不確定是誰給她的勇氣，但就在這一刻，她揚起下巴，脫口說出：「我啊。」

四周的空氣好像瞬間凝結了一下。有那麼一刻，在這個對話中的三個人，似乎都忘記要怎麼移動了。接著，四周鬧哄哄的聲響再度回到程文馨的耳裡。她的雙眼搜索著老師的臉。

不知道是不是她的錯覺，她覺得葉蓉萱的眼神閃爍了一下。她是不是在偷看她男友的表情？

男人的臉上只是掛著禮貌而陌生的微笑，沒有對她們這對師生之間的對話做出任何回應。

今晚，星光依然燦爛

「妳？」葉蓉萱推了她一把，嘴角一歪。「妳懂得欣賞嗎？」

「多被訓練幾次就懂了啊。」程文馨順著她的話說。「我學很快的。」

和老師這樣一來一往地開玩笑，令程文馨有些腦袋發熱，整個人有點頭重腳輕。她來不及停下來思索自己這麼說的後果，甚至不知道自己為什麼要說這些話。

葉蓉萱無奈地搖了搖頭，轉頭對自己的男友說：「妳看，我學生講話超沒大沒小的。」

「是妳寵出來的吧？」男友哼笑了一聲，換來葉蓉萱一抹心虛的微笑。

程文馨咬了咬嘴唇，突然覺得自己的存在有點多餘。聽見葉蓉萱用「我學生」來形容她，令她感到有點不是滋味。但是是為什麼呢？她還沒辦法立刻想出答案。

「文馨。」葉蓉萱的聲音，將程文馨帶回了現實。老師的眼神越過程文馨的肩頭，看向她身後的某一台餐車。「妳打算待到什麼時候？妳吃過了嗎？」

程文馨搖搖頭，看向自己的鞋尖。「沒。我應該等一下晃一晃就走了。」

「好吧……」葉蓉萱又看了自己的男友一眼。「那我們就先繼續逛囉，文馨。」

至少程文馨看得出來，老師現在有點尷尬了。而因為她是最貼心的小老師，所以她不會讓葉蓉萱難做人的——至少現在是這樣。

「好啦，老師，祝你們約會愉快。」她露出大大的微笑，她希望自己看起來不會太刻意。「我要先去找東西吃了。」

葉蓉萱的肩膀微微向下垮了一點，從鼻子輕輕呼出一口氣。她鬆了一口氣的模樣，雖然非常細微，但並沒有逃過程文馨的眼睛。

「好。我們學校見囉。」

在程文馨從她身邊走過時，葉蓉萱的手輕輕拍了拍她的肩頭。幾秒之後，程文馨回過頭，叼著吸管，看著老師和男友的身影消失在逐漸洶湧起來的人潮之中。

她繼續在市集裡閒逛著，在其中一台餐車買了一個花生起司牛肉堡。她的視線繼續在人群中搜索著，好像無法克制自己尋找老師的身影。她時不時地可以在人影之間瞥見一眼老師鮮豔的橘色洋裝，也會在一閃而過的時候看見葉蓉萱的微笑。她既想要再度和老師擦肩而過，但另一方面，她又希望再也不要遇到他們。

她一邊嚼著多汁肥美的牛肉，一邊來到一個販售手工飾品的小攤位。桌面上的串珠首飾，在陽光下閃爍著光芒，吸引了程文馨的目光。

攤主愉快地和程文馨打招呼，一一為她解釋每一款手鍊背後的意義。

「像這一條啊。」攤主拿起一條橘紅與白色珠子相間的手鍊，對她說道。「這款是太陽石的。這是最能為妳帶來正能量、提升自信的石頭。」她又拿起另一條白色的手鍊。陽光下，白色的圓珠似乎散發出一層淡淡的淺藍色光暈，使程文馨著迷不已。「這是月亮石，是守護愛情和平復心情的石頭唷。」

「月亮石啊……」

在攤主鼓勵般的眼神下，程文馨不由自主地把白色珠子的手鍊拿了起來，在手中緩緩地翻了幾圈。守護愛情和平復心情？她忍不住笑了一聲。現在，這似乎是最適合她不過的石頭了。

然後她看向那條橘紅色的太陽石首飾。啊，這不就是老師今天那條裙子的顏色嗎？一個點子在程文馨的腦中成形，而她還來不及三思，那股強烈的衝動，便像是掌握了她的整個大腦。她掏出自己的錢包，幾乎像是賭氣了。

「那我就要這兩條，謝謝。」程文馨對攤主說。

攤主回應她的聲音歡快不已。她替程文馨把手鍊裝進紙袋裡，並接過程文馨遞給她的三千元紙鈔。

月亮和太陽。她喜歡太陽石和葉蓉萱放在一起的感覺。拿在手上，紙袋彷彿都吸收了太陽的溫度。

程文馨的心臟再度怦怦跳了起來。她環顧四周，想看看老師有沒有在附近，看見她買東西的樣子。葉蓉萱和男友不在她肉眼可見的範圍之內。程文馨鬆了一口氣。

她把紙袋收進自己的小包包裡。

*

她是什麼時候喜歡上老師的呢？

這個問題，程文馨無論想過再多遍，她都沒有辦法回答。喜歡一個人，真的會有所謂的起點嗎？

她一開始只是覺得，葉蓉萱和她遇過的其他老師都不一樣。

這學期開學的第一天，當葉蓉萱提著上課的袋子走進教室裡時，所有人的反應都一樣。大家面面相覷，然後有一個同學把每個人的心聲說了出來：「老師，妳也太年輕了吧！」

「老師，妳有沒有二十五歲啊？」

而葉蓉萱只是露出可愛的酒窩，對他們眨了眨眼。「祕密。」

比起老師，她更像是隔壁鄰居家的大姊姊之類的。她看起來一點也不像老師，反而更像是哪一間大學的學妹。

在選英文小老師的時候，程文馨就知道，老師的確是太年輕了。沒有人想要自願承擔比別人更多的責任，而葉蓉萱站在台上，雖然嘴角帶著笑容，但是從她逐漸動搖的眼神，還有用手指把玩著衣服下擺的動作，程文馨看得出來，她擔任他們英文老師的信心，正在逐漸流失。

「我。」程文馨還來不及多想，她的手就像是有自我意識般高高舉起。

坐在旁邊的同學用不可思議的眼神看著她。但程文馨只是聳聳肩。不要問她為什麼會主動提議要當葉蓉萱的小老師；直到現在，她也不知道答案。

或許是因為葉蓉萱的笑容，或許是因為她站在講台上的樣子看起來太無助。而程文馨不想要看到那樣的笑容從她臉上消失。

一開始就只是這麼簡單而已。

而之後的每一堂課，程文馨都會被葉蓉萱所準備的教材驚豔。

各式各樣的流行音樂、影集、電影、漫畫、小說，甚至演藝新聞，都可以是她上課的教材。她會拿前一個星期的歐美演藝圈八卦，當作他們上課的討論題材，或是帶他們一起看經典的《六人行》，和他們一起唱菲比的那首〈臭臭貓〉。

她不知道葉蓉萱每天都花多少時間在為他們搜集這些素材——靠，她甚至不知道為什麼老師會知道這麼多不同的作品。

也許葉蓉萱很年輕，也許她還不像其他老師那麼經驗豐富，但是每次看見她站在講台上，興高采烈地分享某一首她喜歡的歌、然後把歌詞一句一句拿來解析的時候，程文馨都無法否認一件事。

她的視線無法從老師身上轉開。

就只是這麼簡單而已。

就像今天，儘管只是在市集和葉蓉萱見了那麼短短幾分鐘而已，就已經足夠讓她一路蹦跳著把剩下的市集逛完，再一路哼著歌搭捷運回家。

為了避免自己忘記，她到家後的第一件事，就是把買回來的手鍊放進書包裡。

那天晚上，等到程文馨盥洗完畢、躲進被窩裡時，她才終於聽見家門打開的聲音。她不知道她爸媽一整天究竟去做了什麼，但她很慶幸，此時她的房間裡已經關了燈。

她聽見爸媽在客廳說話的聲音，接著一個腳步聲來到她的房門外。一會後，腳步聲再度遠去，然後她聽見房門打開和關上的聲音。

她閉上眼睛，再度回想著早上的市集。

今天一整天，她試著把那些畫面藏在腦中深處，直到現在夜深人靜時，她才終於容許自己把它挖掘出來，細細思索。

她沒有辦法完全回想起她和老師的對話了，但是有一件事，在她的記憶中顯得特別清晰。當她一想到老師和那個男人牽著手，一股酸澀的感覺就會在她的心底翻攪。她的臉頰微微發燙，忍不住瑟縮了一下，但卻說不上來為什麼。

那是一種她沒有辦法形容的感受，幾乎使她有點憤怒，但是卻又有一點……興奮？這是正確的形容詞嗎？

程文馨翻過身，把臉埋進枕頭裡。她好蠢，不論是產生這股感受的原因，還是它所帶來的身體反應，都讓她覺得蠢爆了。

她伸手撫摸著手腕上那條圓潤的月亮石串珠手鍊。

她確實很需要平復一下心情。

*

「老師，妳今天放學之後有趕著回家嗎？」

星期一的英文課下課後，程文馨提著袋子，跟在葉蓉萱的身邊走。

「妳又要做什麼了？」葉蓉萱懷疑地看了她一眼。

「沒有啊。」程文馨回答。「我只是有問題想問妳。」

她盡可能保持自己的表情一本正經，不透露任何痕跡。她只是睜大眼睛，用她最天真無邪的眼神看著葉蓉萱，等待她的回應。

挖陷阱給老師跳的行為，在她心中激起了一點罪惡感。但是一點點的小計謀應該無傷大雅，對吧？

「還是妳等一下直接到辦公室來問呢？」葉蓉萱說。「妳是要問課本上的問題嗎，還是……？」

「沒有啦，等一下的時間不夠。」程文馨說。「妳放學之後在辦公室裡等我一下好不好？」

雖然葉蓉萱依舊一臉狐疑，但是經過幾秒的猶豫之後，她還是答應了。

接下來一整天，剩下的課程，對程文馨來說都像是在看一部她不感興趣的電影。她坐立難安，不斷看向黑板上掛著的時鐘，等著時間一分一秒地過去。

等到最後一節課的下課鐘聲響起後，程文馨繼續坐在座位上，沒有和其他同學一樣收拾書包。

「程文馨，妳不走嗎？」她旁邊的同學問她，一邊把背包掛在一側的肩上。

她搖搖頭。「我等一下要去找英文老師問問題。」

「妳也太認真了吧。」同學誇張地翻了個白眼。「現在才開學一個月。還沒有要考學測耶。」

「因為我是小老師啊。」程文馨歪著嘴一笑。「這是應該的吧。」

這當然不是應該的。她的同學翻了個白眼，但是程文馨一點都不在意別人怎麼說。

因為我喜歡老師啊。這才是程文馨的真實答案。但是她不需要告訴任何人——如果真有人必須知道，那也只有葉蓉萱本人。

「好吧，英文小天才。」同學說。「掰掰。」

程文馨對著她的背影揮了揮手，看著她從教室後門走了出去。

還留在教室裡的幾個同學，換上了寬鬆的T恤，準備去練習場練排球。程文馨和他們打過招呼之後，便獨自抓起背包，往英文辦公室所在的教育大樓走去。

來到英文辦公室門口時，程文馨停下腳步。她踮起腳尖，伸長脖子，往玻璃窗裡看去。

還有幾個老師在辦公室裡，看起來正在聊天。而葉蓉萱一個人坐在自己的位置上，正低著頭，不知道在看著什麼。

程文馨又猶豫了一秒鐘。然後她推開辦公室的門，對著裡頭喊了一聲：「老師！」

葉蓉萱像是被她嚇到一樣，倏地抬起頭，長長的瀏海往一旁甩開。程文馨忍不住笑了起來。她的心跳在這一刻突然加速了。「老師，妳出來一下。」

葉蓉萱皺起眉，用一隻手指向自己的臉，嘴型說道：我？出去？

程文馨點點頭，又對她招了一次手。

葉蓉萱嘆了口氣，看似很無奈地從座位上站起，放下手中的筆，朝她走來。

「怎麼啦？」她問。「妳不是要問我問題嗎？」

「對啊，但那是祕密。」程文馨說。「裡面的老師太多了。」

面對葉蓉萱困惑的神情，程文馨只是伸出手，一把抓住她的手腕，將她拉到走廊上。她的手心很熱，碰到葉蓉萱被冷氣吹得冰涼的皮膚，使她的手臂起了一陣雞皮疙瘩。

「什麼事情這麼神神祕祕的？」葉蓉萱順勢帶上辦公室的門。然後她打量著她的臉，露出微笑。「妳有什麼祕密要告訴我嗎？」

「對……」

她真的要這麼做嗎？如果她想要打退堂鼓，現在就是她最後的時機了。

但她並不想退縮。

程文馨的手下定決心地探進書包裡，拿出星期六那天，從市集帶回家的紙袋。她把橘紅色的手鍊倒在掌心，推到葉蓉萱面前。在午後的陽光下，顏色飽滿的太陽石，看起來更加鮮豔而剔透。

「老師，這個給妳。」

「啊？」

葉蓉萱明顯地一愣。她的視線落在精緻的手工首飾上，呆滯了兩秒，沒有動作。

「這是太陽石的手鍊。」程文馨舉起自己的右手，搖了搖自己所戴的同款首飾。「我也有一條喔。」

「這……」葉蓉萱抬起眼，看向她的臉。葉蓉萱的表情不如她預期的那麼驚喜。事實上，比起驚喜，她看起來更像是驚嚇。「妳怎麼突然送我這個？」

「我在市集上看到的。」程文馨說。「我只是覺得這個很適合妳。妳看，這跟妳那天穿的洋裝顏色一樣。」

她再度抬了抬手。老師為什麼還不把手鍊拿去？她在等什麼？

程文馨不太確定自己一開始預期葉蓉萱會對她說什麼、或做什麼。或許是一句謝謝，然後禮貌性地戴上，或是對她露出燦爛的露齒笑容。但是她知道，絕不是現在這樣。

葉蓉萱遲疑地舔了舔嘴唇，程文馨幾乎可以聽見她在腦中斟酌用詞的聲音。

「這真的很漂亮，但是……」葉蓉萱微微一笑，帶著歉意。「這我不能收。」

說她沒有感到失望，那絕對是騙人的。程文馨努力維持自己嘴角的弧度，不讓自己的表情立刻垮下。「為什麼？」

葉蓉萱的嘴巴張開又閉上，似乎不太確定要怎麼回答。程文馨的手仍然舉在兩人之間，但此刻，她突然覺得有點尷尬。

只是一條手鍊，為什麼不能收？這甚至不是什麼高級的品牌——就只是一條在創意市集上買的手作產品罷了。

「文馨，老師沒有理由收妳的禮物。」葉蓉萱緩緩地說。但她的說明，在程文馨耳中，卻一點也沒有邏輯。

收禮物需要什麼理由？送禮物才需要理由，對吧？

「我只是覺得它很好看，也很適合妳。」程文馨說。「這樣算是理由嗎？」

葉蓉萱嘆了一口氣，低下頭。然後她再度對上程文馨的視線。「妳聽我說。這和妳請我吃家政課做的東西、或是請我喝飲料不一樣。妳懂嗎？」

程文馨直視著她的雙眼，頑固地搖了搖頭。

「這太貴了。尤其是在市集上買的——妳又只是一個學生……」

「老師，錢不是什麼問題。」程文馨打斷她。「我就只是想要送妳禮物，不行嗎？」

儘管她還是努力想要維持自己的嘴角上揚，但是程文馨覺得自己好像快要失敗了。只是一條手鍊而已，這對葉蓉萱來說，為什麼這麼難？

葉蓉萱深吸一口氣。「如果是教師節、或是老師生日，大家集資送我一個禮物，那當然沒有問題呀。」她的聲音又急又快，或許是因為她也看出來，程文馨的表情有點不太對勁，而整件事都開始變得棘手了。「但是，就像我剛才說的，我沒有理由——」

不，這些話她都不想聽。

此時，程文馨只覺得煩躁不已。她不喜歡自己的心意被拒絕的感覺，尤其是在沒有合理的理由說服她的時候。送自己喜歡的人禮物應該是一件快樂的事才對，為什麼現在她卻覺得這麼受傷呢？

「因為我很喜歡老師。」程文馨再一次強硬地打斷她的話。她揚起下巴，挑戰般地看著葉蓉萱。「這樣算理由嗎？」

她說出來了。她沒有打算現在說的，至少不是在這種狀況下。

哎呀。

程文馨感覺到自己的臉頰溫度開始上升，但是她拒絕轉開視線。她只是直盯著老師的臉，強迫自己把葉蓉萱每一絲的表情變化都看進眼裡。

接下來，是一股長長的沉默。但是她們之間的空氣卻像是有電流在穿梭，程文馨可以感覺到自己的頭皮發麻，後頸上的寒毛都豎了起來。

葉蓉萱張開嘴幾秒鐘，卻一個字也說不出口。她的視線瞥向一旁，看向程文馨身後的走廊，又看向走廊外的天空。最後，她低下頭，視線落在自己的腳尖。

當她再度抬起頭時，她的臉上帶著一抹很淺的微笑。

「文馨，我也很喜歡妳呀。」她的聲音依舊溫柔，但是程文馨聽得出來，她的尾音有一點點顫抖。「你們班上的每一個人，我都很喜歡……」

程文馨直瞪著她。她知道老師不是傻子；葉蓉萱在對她裝傻——這時候，或許是她轉移話題最好的時機。如果程文馨想要在此時踩剎車，她還有機會讓整個對話就此打住，還有機會挽回這一切。

在她行有餘力的時候，她不介意為人保留一點顏面，讓每個人都能保有一個舒適的空間。但此刻，並不是那種時候。

現在收回她剛才說的話，只會讓她在葉蓉萱面前從此變得尷尬無比。她知道，她會再也沒有辦法用同樣的方式和老師相處。這就像是在她還沒有機會為自己奮力一搏之前，就直接宣告放棄。

如果她在這個時候退縮，那她就不是程文馨了。

不，現在她只能繼續把話說下去。把話說完，至少她就不會覺得自己的感情，在真正擁有生命之前，就被狠狠地踐踏。

至於葉蓉萱會給她什麼回應，那就不是她可以控制的了。

「我不是那個意思。」程文馨低聲說。

葉蓉萱咬住嘴唇，一句話也沒說。

程文馨嚥了一口口水。她的心跳聲突然放大，此時，她的耳朵裡只能聽見血液流動的聲音。是的，在剛剛那一秒，她終於賦予了這種感情生命——而此刻，它正以她意料之外的速度奮力成長、擴張，直到程文馨的心中，此刻，除了它之外，再也容納不下其他東西。

「老師，我是真的喜歡妳。」她一字一句，慢慢地說。「讓我喜歡妳，好嗎？這樣妳也沒有什麼損失，對吧。」

葉蓉萱的眼睛眨也不眨，只是直勾勾地望著她，好像根本沒聽懂她在說什麼。夕陽的顏色染上她的臉頰，令她的面孔看起來紅潤了許多。

那條太陽石的手鍊，仍然橫在她們兩人之間，反射著透亮的光芒。

第四章　他不需要知道

「老師，我是真的喜歡妳。」程文馨說。「讓我喜歡妳，好嗎？這樣妳也沒有什麼損失，對吧。」

這大概是葉蓉萱短短二十五年的人生中，聽過最讓她震驚的一句話了。此時此刻，葉蓉萱只希望走廊上出現一個大洞，把她吞噬得無影無蹤。

她的雙腳就像是被什麼東西黏住般，定在原地動彈不得。

程文馨的雙眼直盯著她，那雙美麗的黑色眼睛，幾乎就要讓她無法呼吸……

不，現在她真的感到呼吸困難了，只是不是好的那種。

她還記得鄭宇廷當時和她告白時，她也感到心跳加速、呼吸變得粗重。那是一種有什麼大事要發生前，既期待又緊張的感覺；她可以明確地意識到，接下來她的生活就要進入下一個篇章了。

此時，她幾乎產生了一模一樣的感覺。幾乎。

但是現在，這更像是海嘯即將來臨前，海水快速退潮，預告著接下來將有無以名狀的危機。

葉蓉萱的腦中，只有兩個念頭：可是她是她的老師——程文馨是認真的嗎？而如果她現在說錯話，程文馨會不會當場落淚？

光是想到程文馨的眼眶泛紅的樣子，她就感到內心一陣瑟縮。她不想要傷害她的學生，尤其是她最喜歡的那一個。

要命，教程裡從來沒有教過他們，遇到這種事情該怎麼應付。她現在該怎麼辦？

「我……」葉蓉萱嚥了一口口水。「可是……」

過度複雜的情緒在她的胸口糾結成一團，然後一股溫熱的感覺突然湧上她的臉頰。接著，出乎她的意料之外，兩道淚水便奪眶而出。

比起難過，這更像是無法控制的生理反應；她對自己的無能為力感到挫折不已，卻又無法想到更好的應對方式。情急之下，她的身體就先做出回應了。

但或許，也沒有比她的淚水更好的解決方法了。因為一看見她的眼淚，程文馨立刻就往前踏出一步。

「老師，妳幹嘛哭！」程文馨急急忙忙地說，一邊翻開背包，從裡頭撈出一小包面紙。「有人喜歡妳不是好事嗎？妳應該要開心啊。」

這小女孩究竟知不知道自己在說什麼？

她是她的老師。程文馨是認真的嗎？

隔著眼前的一層淚水，葉蓉萱打量著她。或許，她並不是認真的。也許程文馨是把對師長的依賴和所謂的「喜歡」給搞混了。

就像葉蓉萱自己，在學校裡也覺得和程文馨有著一股奇異的連結。程文馨或許也是如此。人與人之間那股特別的吸引力，並不侷限在那種「喜歡」上，對吧？

程文馨的年紀還太小了；她這輩子可能都還沒有真正喜歡過什麼人呢。她是她的老師，就算是程文馨陷入了小小的困惑，葉蓉萱也不能隨之起舞……

但是，現在還有一件更重要的事：她能不能不要再哭了？

程文馨將一張面紙塞到她手中，她及時把自己的鼻子給遮住，正好擋住鼻水流出來的瞬間。

「好啦，沒事了，嗯？」程文馨微微彎下身，對她露出微笑。「不要哭嘛。我又沒有對妳怎麼樣。這樣搞得我好像壞人喔。」

「沒有啦……」葉蓉萱抹去滑到下顎的淚水，又用手背擦了擦臉頰。她吸了吸鼻子，交換了幾口顫抖的空氣。

程文馨站在一旁，耐心地等待著她的抽噎結束。葉蓉萱看著她把雙手插進口袋裡，看天看地、就是不看她的模樣。

噢，天啊。現在這是什麼場面？

程文馨又抽出一張面紙，遞給她。

「謝謝。」葉蓉萱囁嚅地說道。她把臉頰上的淚水擦去，咬了咬嘴唇。「然後，我覺得妳現在應該要回家了。」她把兩張面紙捏成一坨，握在手中，垂在身側。

程文馨的嘴角抽動了一下，露出一個似笑非笑的表情。

接著她伸出手，輕輕拉起葉蓉萱空著的那隻手腕。在葉蓉萱錯愕的目光下，她將握在掌心的手鍊，套上了她的手。

圓滑的橘紅色串珠順著她的手腕下滑，然後緩緩地貼著她的皮膚停住了。

「妳都被我惹哭了。」程文馨對她眨眨眼。「那就收下這條手鍊當作賠罪吧。」

「文馨，這不是——」

「那我要回家了。」程文馨對她咧開嘴。「老師，明天見囉。」

然後她就放開了葉蓉萱的手，轉身往操場的方向快步走去。她的長髮在身後擺盪著，背脊挺直，步伐大而自信。

葉蓉萱深吸一口氣。她抬起手腕，看著那串手鍊。剛才究竟發生了什麼事？

不想頂著一張可笑的哭臉回到辦公室裡，以免招來老師們好奇的詢問，葉蓉萱走向走廊盡頭的女廁。

直到她把被眼淚暈開的眼線用水擦去時，鄭宇廷的模樣，突然浮現在她的腦海裡。他老是喜歡拿學生暗戀她的事情開她玩笑；現在她真的被班上的其中一個女孩告白了，他會怎麼說呢？

葉蓉萱打量著鏡中的自己，吐出一口長氣。她不確定自己到底算不算妥善地處理了這件事。當著學生的面哭出來，算是一種處理嗎？

「蓉萱啊，剛才怎麼啦？」進入辦公室時，其中一名比較資深的女老師對她投來好奇的目光。

葉蓉萱盡可能對她露出平和的微笑。「沒有啦，學生家裡有一點事，來找我討論了一下。」

「學生願意來找妳談心，不錯啦。」另一名老師認可地點了點頭。「有需要幫什麼忙嗎？」

「不用、不用。」葉蓉萱回答。「就只是小女孩的心事而已。」

這句話也不算是謊言。只是程文馨對她坦白的「少女心事」，或許有點太過沉重了，有點超過她能承擔的重量。

那天晚上回家後，葉蓉萱很早就去洗澡了。她甚至把好久沒有使用的浴缸徹底清洗了一遍，然後在裡頭泡了好久的熱水。洗澡前，她猶豫著要不要把手鍊拆下來，收進抽屜裡。

讓我喜歡妳，好嗎？這樣妳也沒有什麼損失，對吧。

程文馨說這句話的時候，眼神中固執的光芒，令她的心臟一陣緊縮。

她知道對這個時候的女孩來說，喜歡一個人是什麼樣的感覺。她還記得自己高中的時候，曾經喜歡過某個聯誼認識的男校學生。那時候，就算只是一則簡單的訊息、一個不明所以的表情符號，都能令她傻笑一整個晚上。

那是一個可以把整顆心端給另一個人的年紀，是一個可以不顧後果、不惜一切代價，只要用力去喜歡就好的年紀。

她不怪程文馨對她說這些話，她只希望自己的回應，不會刺傷對方坦白而赤裸的真心。

更何況，如果這孩子只是把對長輩的依賴，誤解成了喜歡，她不希望自己的回應，導致程文馨失去對師長的信任。

她只是不知道自己做對了沒有。

最後，她還是沒有把手鍊拿下來。她想，至少這樣可以為程文馨保留一點面子。程文馨對人好的心意，即使沒有辦法從葉蓉萱這裡得到她理想中的回應，也不該被人糟蹋。

喜歡一個人並不是錯事，不需要受到懲罰。葉蓉萱誰也不是，更沒有資格去指責任何人無傷大雅的好感。

對吧？

她只希望這件事能船過水無痕，就像現在那條手鍊輕輕滑過水面的樣子。橘紅色的太陽石在熱水中浮動著。葉蓉萱深吸一口氣，然後把自己的身體、連同她的頭，一起沒入水裡。

直到鄭宇廷打電話來前，葉蓉萱都還沒有想好，如果鄭宇廷問起，她究竟要怎麼和他解釋這條手鍊的來龍去脈。

這只是一條手鍊罷了，她告訴自己。有什麼好躲躲藏藏的？

一如往常的招呼過後，鄭宇廷說著自己一整天在實驗室所發生的事，葉蓉萱一邊應聲，一邊繼續思索著自己該怎麼和他提起程文馨的事。

某部分的她，當然也知道，不說或許才是最好的選擇。但是她的內心，卻跨不過那道坎。隱瞞不提更像是因為心虛，而葉蓉萱討厭這種隱瞞所帶來的罪惡感。隱瞞也是說謊的一種，而把這個小秘密藏在她的心中某個角落，只會讓她坐立難安。

就算鄭宇廷表示出不認同，也比她的良心不斷對她發牢騷要好得多了。

「妳呢？」鄭宇廷說。「今天在學校都還好嗎？」

「今天喔。」

面對視訊中鄭宇廷溫柔的眼神，葉蓉萱低頭看了一眼自己的手腕。她咬了咬牙，下定決心。不管用什麼樣的前因後果包裝，感覺都太不自然了。她乾脆就直接說了吧。

「有個學生送了我這個。」她舉起手，把手鍊展示在男友眼前。

「學生送妳的？」鄭宇廷說。「為什麼要送這個啊？」

她早就料到鄭宇廷會這麼問了，而她也準備好了答案。

「她說她覺得我對他們班很好，然後又覺得這個手鍊很適合我。」

天啊。葉蓉萱的內心瑟縮了一下。在腦子裡想的時候，她怎麼沒覺得這句話聽起來這麼荒唐？像鄭宇廷這樣的理工男子，怎麼可能接受這種邏輯？

果然，鄭宇廷懷疑地挑起一邊的眉毛。「啊？這個小禮物也送得太高級了吧？這很貴嗎？」

「呃，一千多吧。我猜啦。」葉蓉萱說，但卻覺得自己聽起來越來越心虛。「她說是手作的。」

「是妳星期六遇到的那個學生嗎？」鄭宇廷問。

噢。葉蓉萱早該知道，鄭宇廷一定會把這兩者聯想在一起的。

否認也沒有意義了，葉蓉萱點點頭。

「對。」

鄭宇廷若有所思地應了一聲。然後他說：「我覺得，這好像有點不太好。她只是個學生，她為什麼要送這麼貴重的東西？」

「她家好像蠻有錢的。」葉蓉萱說，雖然她很清楚，這絕不是鄭宇廷想表達的重點。「這對她來說，大概只是小錢吧。」

「但是沒事送老師禮物，還是很奇怪吧。」鄭宇廷堅持道。

葉蓉萱暗自嘆了一口氣。她知道鄭宇廷說得對——換作任何人，也都會得到一樣的結論。靠，就連她自己都很清楚，她的話聽起來有多不可靠。

但是，這就是其中最弔詭的部分。

良心真是一個荒謬的東西；好像她只需要承認結論的部分，她的良知就會滿足了。至於那其中的細節、她們是怎麼來到這個結局的，就一點都不重要。

儘管她承認了程文馨送她禮物的事，這其中的一個小細節，她還是沒有辦法對鄭宇廷提起——光是想到要說出程文馨對她告白的事，她就感到渾身不自在。

至於為什麼，葉蓉萱自己也說不上來。或許她是希望，在程文馨畢業後，還能和她做朋友。這個學生對她來說很特別。她不希望在她離開後，她們就從此成為陌生人。因此，她不希望鄭宇廷對程文馨產生成見、或是對這個孩子懷有戒心。

於是她做了一個決定。

關於告白的部分，鄭宇廷不需要知道。

葉蓉萱可以讓這件事默默地、不著痕跡地過去，她能夠自己把它處理好的。用既不傷害程文馨、也不影響她和鄭宇廷的關係的方式。雖然現在她還不知道要怎麼做。

但是至少，她有辦法讓這個對話尷尬的走向稍微回到正軌。

「我也覺得很奇怪。」葉蓉萱承認道。「我有跟她說，這禮物太超過了，也沒有理由這樣收禮。」

這是實話，而在這番對話裡的每一句實話，都是葉蓉萱此時的救命浮木。

「對啊。那妳怎麼還收了呢？」

有時候，她真的很希望鄭宇廷不是這種打破砂鍋問到底的個性。要是他繼續這樣追問下去，葉蓉萱擔心，她最後就會忍不住把一切都交代清楚。

「因為……當下不收，感覺學生會很傷心。」葉蓉萱回答。「我不想讓場面很難堪，你知道嗎？她還要在我班上兩年，這樣我跟她都會很難做人的。」

這句也是實話，至少是一部分的實話。雖然當時確實是尷尬到爆炸了。光是回想起她不受控制地落淚的畫面，她就覺得頭皮發麻。

「是沒錯。」

鄭宇廷的表情看起來不像是被說服了，但是總算沒有再逼問下去。

看著男友的臉，葉蓉萱心中有一個部分開始蠢蠢欲動。一股無法抑制的衝動讓她脫口而出：「不然，我會還給她的。找個理由再回送給她之類的。你覺得呢？」

「也可以。」鄭宇廷說。「但是我覺得，妳之後不要再這樣收她的禮物了。就算她家裡有錢，這也不太好。」

「對，我知道。」

不會有下一次了，葉蓉萱在內心保證。這種事情發生一次都嫌太多了。

「妳為學生著想是好事。」鄭宇廷說。「但是如果太超過，妳有可能會自找麻煩的。」

葉蓉萱默默地點了點頭。她當然知道男友說得對。

在這之後，他們的話題就轉移到別的地方去了。鄭宇廷和她討論著這週末約會時要去看的電影，而葉蓉萱更希望他們不要再談和程文馨有關的事。

最後結束視訊通話時，葉蓉萱向後倒在床邊的地毯上，突然覺得疲憊不已。

她真的很不擅長處理這種事——不管是被學生告白，或是後來跟鄭宇廷解釋的部分。

這不是葉蓉萱第一次被自己無法回應的對象告白了。以前學生時代，她被補習班的同學告白過，也被網友告白過，甚至不只是異性，在高中時，就連同性也有過一、兩次。

每一次，她都有辦法在不傷害對方自尊的前提下，和平地回絕對方。或多或少。

但這次，比以往的任何一次都要棘手。

她們不但每天都會見面，她們還是師生。不管從哪方面來說，這都算是非常情況，要用非常手段來處理。

她躺在地上，瞪視著天花板上醜陋的吸頂燈。

她說會把手鍊還給文馨，她就會還的。她不是在說謊。

只是她還沒決定好時間。

第五章　小小年紀用什麼香水

英文課時，坐在教室前排眼尖的同學，立刻就看見了葉蓉萱手腕上那一串美麗的手鍊。

「老師，妳那條是新手鍊嗎？」同學的大嗓門，就連坐在最後一排的程文馨都聽得一清二楚。

「對呀。」

葉蓉萱臉上的微笑沒有什麼改變，但是她顯然不想要多做解釋，只是從袋子裡拿出她的教師手冊，一邊點開講桌上電腦的桌面。

程文馨暗自搖搖頭，感到不以為然。這樣的反應，和她平常總在過度分享邊緣徘徊的行徑大不相同，任誰都會產生疑心的。

「很漂亮耶。」同學繼續說。「這是妳男友送妳的定情物嗎？」

葉蓉萱的嘴角很明顯地抽搐了一下，淺淺地翻了個白眼。「誰准你們八卦老師的私生活的？」她佯怒地皺起眉頭，但是口氣依然十分和善。

旁邊的幾個同學起鬨地狼叫起來，對葉蓉萱模稜兩可的回覆感到興奮不已。

「老師，妳不否認就是默認囉？」

葉蓉萱舉起雙手，試著壓制同學們歡笑的聲音，但是班上那幾個滿腦子只有戀愛的女孩，早就已經自己玩開了。

葉蓉萱再度翻了個白眼，像是不確定要拿他們這些孩子們怎麼辦。她掃視一圈教室；當她的視線不可避免地來到程文馨臉上時，程文馨便對她露出燦爛的微笑，舉起手揮了揮。

她發誓，葉蓉萱臉上閃過了一絲她沒有辦法解讀的神色。她不能確定那一抹稍縱即逝的表情是什麼意思，但是她至少可以肯定一件事。當她們的視線相交的那一瞬間，老師的臉頰微微紅了起來。

程文馨沒有辦法抑制自己的嘴角上揚。

定情物啊。她喜歡這個詞唸在嘴裡的感覺。

前排的同學顯然沒有發現葉蓉萱臉紅的真正原因。他們大概以為老師是被他們取笑到尷尬了，於是鬧得更起勁。

「老師，妳什麼時候要結婚啊？」另一個同學說。「到時候要發喜帖給我們耶！」

「還沒，還沒啦。」葉蓉萱回答。「等我要結婚的時候，你們大概都畢業好幾年了。」

「那不是更應該發了嗎？」

「那你們要包紅包來唷。」葉蓉萱對他們眨了眨眼。「一個人沒包到一萬就不准走喔。」

同學們七嘴八舌地回應起她的話，有那麼一小段時間，程文馨沒有辦法聽清楚任何一個人說的話。但是那也不重要。

葉蓉萱只用簡單幾句話，就轉移了同學們的注意力，既沒有真正透露自己的隱私，也不讓他們覺得自己被老師拒於門外，好像她就是他們的一份子一樣。

程文馨一手托著下巴，打量著葉蓉萱和學生們嘻笑的模樣。她真的覺得葉蓉萱好厲害。為什麼有一個老師，可以長得這麼漂亮、這麼聰明、這麼喜歡教書，又這麼懂得和學生們相處？

也許是程文馨這輩子見過的老師太少了吧。但是她認真相信，這輩子，她大概遇不到第二個像她這樣的老師了。

而昨天放學時，她居然把葉蓉萱給弄哭了。

老實說，就這件事而言，程文馨不確定自己是覺得愧疚比較多、還是得意比較多。

她不太理解葉蓉萱落淚的原因，而葉蓉萱也沒有對她解釋。但是有一件事，是程文馨可以確定的：如果葉蓉萱不在乎她，就不會因為她所說的話而哭了。

對吧？

如果是這樣的話，那麼，程文馨會把這當作是她的一個小小勝利。

昨天晚上，程文馨在床上翻來覆去了很久，卻沒有辦法入睡。

儘管在把手鍊套到葉蓉萱手上後，她當下轉身就走，看起來有夠瀟灑，但是她的雙手，其實顫抖到連張開手指都沒辦法。

如果她的膽子再更大一點，她就會照著葉蓉萱在學期剛開始時，留給他們的手機號碼打去給老師。可是她不敢。

老師會生她的氣嗎？以後，老師還會讓她在她身邊打轉嗎？

今天上課前，當程文馨依照慣例去英文辦公室，準備替葉蓉萱拿袋子的時候，她的心臟差點就要從喉頭跳出來了。

但是葉蓉萱的態度，就像是昨天的事根本沒發生過一樣，對她說話時的溫柔依舊，也一樣會和她開玩笑——只除了，她似乎有點刻意在迴避程文馨的目光。

而且她的手腕上戴著程文馨送的那條手鍊，這點她絕對不會看錯。

這顯然也代表了一點什麼。

她和老師戴著同樣款式的首飾。葉蓉萱不但沒有拿掉，甚至也不介意被其他人看見。

光是這種程度的進展，就已經足夠讓程文馨一整堂課都看著葉蓉萱傻笑。她的心態是不是有點太扭曲了？

「好啦，大家冷靜。」葉蓉萱舉起雙手，做出指揮家要大家安靜時握起雙拳的姿勢。「開始上課之前，我要讓大家先聽一首歌。」然後，她對程文馨招了招手。「程文馨來，幫我把這個發下去給大家……」

「好喔！」

程文馨有點過度熱情地從椅子上跳起，朝講桌的方向跑去。

好吧，或許她也沒有什麼資格取笑別人的戀愛腦。

終於捱到放學時刻，程文馨收拾好書包，就立刻動身前往英文辦公室。她在心中祈禱，希望葉蓉萱不會急著回家，或是要去和男友約會。

幸好，當她跑到辦公室的玻璃窗前時，她一眼就看見了葉蓉萱褐色的頭頂。

「老師。」她一邊推開辦公室的門，一邊喚道。

葉蓉萱像是被她的聲音嚇到似地，猛地抬起頭。「嗨，文馨。」她眨了眨眼。「怎麼了嗎？」

「沒事啊。我只是想來看看妳在不在。」程文馨回答。

她抓著書包，腳步輕快地跑到葉蓉萱的座位旁。在老師坐的辦公椅邊，還有一張放著教材和參考資料的學生椅。她伸手指了指那張椅子。

「我可以坐在這裡嗎？」

她知道她的要求有點多了，但是她想知道老師會不會拒絕她。這幾乎像是一種挑戰，一種程文馨單方面提出的挑戰。

「呃，是可以……」

葉蓉萱聽起來不太肯定。但她還是開始把椅面上堆著的東西，搬到另一側的地上。

「謝謝老師。」

程文馨坐了下來，把書包放到大腿上。「老師，我可以在這裡看書嗎？」

「看書？」葉蓉萱愣了愣。「妳不回家嗎？」

「不回家。」

今天的程文馨本來應該要去補習才對。但是在昨天的事後，現在要她擠上沙丁魚罐頭般的公車，和其他學生一起搖晃個半小時去補習，此時顯得一點吸引力都沒有。

她更想要來和葉蓉萱確認昨天的事情。英文課上課前和下課後的時間都太短了，辦公室裡的人太多，她一直沒有辦法好好和老師說話。

她只想要有葉蓉萱一個人就好。這樣的期待會太自私嗎？

此時，辦公室中還有幾個老師沒離開。但是沒關係，程文馨很有耐心。她可以等。

「好吧。那妳就坐在這裡。」葉蓉萱很無奈似地搖搖頭。「但是我要準備明天上課的東西，沒時間理妳喔。」

程文馨對她聳起眉毛，露出乖巧的微笑。「沒問題。我保證我不會吵。」

葉蓉萱張開嘴，隨後又閉上。她抓起滑鼠，繼續在電腦視窗上點擊和滑動，就好像程文馨不在場一樣。

但是老師沒有趕她走。這也算是她的勝利了，對吧？

程文馨喜孜孜地打開書包，掏出今天的數學作業簿，準備開始寫三角測量的作業。

直到辦公室的最後一個老師起身，準備離開時，外面的天色已經完全暗了。只剩下一群練排球的學生們還在操場的一側喊著口號，偶爾還會傳來排球重重落地的聲音。

「蓉萱，妳還不下班嗎？」那位老師在走出座位時問道。

「嗯，我再等一下吧。」葉蓉萱抬起頭，對著自己的同事揮揮手。「明天見。」

「老師再見！」程文馨有點太過開朗地說道。

她簡直迫不及待只剩下她們兩人獨處。她心裡積著的問題，已經快要從她的腦中溢出來了。儘管她盯著數學作業簿，但這一個小時裡，她才寫了三題。

程文馨不記得自己上一次這麼心不在焉是什麼時候——或者說，從開學以來，隨著對葉蓉萱的認識越來越多，她就越來越難在她身邊專心了。

辦公室門再度關上後，程文馨便把手中的鉛筆一丟，向後靠在椅背上。

葉蓉萱仍然緊盯著自己的電腦螢幕，滑鼠滾輪不斷滾動。但是程文馨瞥了一眼螢幕上的視窗，發現那是一篇由各種可愛貓咪照片匯集而成的內容農場文章。

她忍不住笑了起來。「老師。」她伸出一隻手，在葉蓉萱的眼前揮了揮。

葉蓉萱嘆了一口氣，把滑鼠往一旁推開，轉頭看向程文馨。

「所以，妳是怎麼啦？」她說。「妳這麼晚不回家，妳不會被爸媽唸嗎？」

「他們才不管咧。」程文馨回答。「等他們回來的時候，我搞不好都已經睡了。我回去也是一個人待著，回不回家根本沒差。」

平常時候，程文馨是不介意自己一個人在家的。沒有人聲的屋子也有它獨特的寧靜之感，儘管那不是程文馨最喜歡的狀態。但是做人不能太貪心，對吧？她有很多錢、還有很多時間。這樣看來，和父母的距離遙遠一點，幾乎就像是一種預設值。

葉蓉萱看起來還想要說點什麼，但最後又打住了。師生倆只是坐在那裡對視著，而看著葉蓉萱的雙眼太久，程文馨突然有點不記得自己本來打算要和她說什麼。

啊，對了。她想起來了。

「我是想要問妳昨天的事。」她說。「妳會……生我的氣嗎？」

從葉蓉萱臉上閃過的一系列情緒，程文馨一個也無法解釋。在那一秒鐘裡，葉蓉萱的眉頭蹙起又鬆開，嘴角抽動，嘴唇張開又閉上。

程文馨認真地看著她的臉，想要解讀她的表情，但是它們消逝的速度太快，她還來不及細細思索。老師沒有馬上回答，程文馨不確定這是好事還是壞事。而這讓她緊張了起來，就像是在等期中考的成績時，因為對這個科目沒有把握，也不知道自己該期待什麼。

最後，她只是屏住氣息，等著葉蓉萱回答。

當葉蓉萱開口時，她的聲音很輕。「我為什麼要生氣？」

「因為妳哭了。」程文馨皺了皺眉。「我知道不是很開心。」

「不是。」葉蓉萱垂下視線，沉默了一會。然後她說：「老師沒有不開心，也不會生妳的氣。對別人好，沒有什麼錯。只是送禮物給老師，不是很適當的做法。妳懂嗎？」她的用字遣詞十分小心，一字一句說得很慢。

這是什麼意思？

葉蓉萱是不接受她送的禮物，但是接受她對她的喜歡嗎？程文馨可以對她好，只是不能送禮物？

程文馨的心臟怦怦跳了起來。老師的說法有點模稜兩可，但是聽起來並不像在拒絕她。

她抿起嘴唇，直勾勾地看著葉蓉萱。「對不起，我不是故意要惹哭妳。」

她是認真的。她最不想做的事，就是傷害到葉蓉萱的心。但是她還能做些什麼？

「沒事啦。」葉蓉萱說，對她露出微笑。「我大概只是……有一點嚇到吧？」

程文馨點了點頭，猶豫了一會。「所以……那以後，我還可以繼續來找妳嗎？」

「找我？」葉蓉萱困惑地皺起眉。「當然可以啊。我的辦公室不就在這裡嗎？」她笑了出來，笑聲讓程文馨的胸口溫暖了起來。「我要怎麼樣不讓妳來找我？」

原本懸在喉頭的一顆心終於回到原位，程文馨現在只想要大聲歡呼，在辦公室裡跑三圈，慶祝自己的勝利。但是她至少還知道要收斂自己的行為。

「耶！我最喜歡老師了！」

她揮起雙手，一把抱住坐在她身邊的葉蓉萱，直往自己身上拉。老師的肩膀窄窄的，抱起來的感覺，甚至比她認識的其他女孩還要像青少女。

「老師，妳看，我們這樣就有同樣的手鍊了耶。」她把右手舉到老師眼前，揮了揮。「很好看吧？」

「嗯，是很好看。」葉蓉萱同意道。

如果可以，她真想直接親吻老師的臉頰，但是她還有一點理智。她可不希望連續兩天嚇壞葉蓉萱——今天這樣對她來說就已經足夠，甚至遠超過「足夠」的程度了。

「妳幹嘛啦。」葉蓉萱笑了起來，一手抓著辦公桌的邊緣，以免自己摔下椅子。

「正經一點。」她拍了拍程文馨橫在她胸前的手臂。

她的手指在程文馨的手臂上停頓了幾秒，或者幾分鐘，或者好幾百年。在她們接觸的地方，程文馨的皮膚一陣刺癢，像是睡午覺壓得發麻的手臂正在逐漸恢復知覺。

但她不討厭這種感覺。差得遠了。

程文馨把臉頰靠在她的肩膀上，眨著眼睛。「不要生我的氣。我以後會很乖的，我保證。」

「妳是我的小老師，妳敢不乖。」葉蓉萱瞥了她一眼。「我就給妳平常分數零分，直接當掉。」

程文馨大笑起來，用頭頂蹭著葉蓉萱的頸窩。

老師身上總是有一股很淡很淡的香味，在這麼近的距離，那股香氣就變得更明顯了。程文馨盡可能緩慢地深吸了一口氣，將葉蓉萱的味道吸進鼻腔裡。

她從來沒想過，自己可以對葉蓉萱做出這種舉動。

而且重點是，老師沒有推開她。

就算她做了這麼踰矩的行為，葉蓉萱也接受了。程文馨像是被一道強烈的浪潮捲起，整個人感覺輕飄飄的，又有點頭暈目眩。

「老師，妳是用了什麼香水啊？」她問。「這好香喔。」

「迪奧的癮誘甜心……反正跟妳說了，妳也不知道吧。」葉蓉萱推了推她的頭頂。「妳該起來了，我的腰很痠。」

「我去查就知道了嘛。」程文馨抗議道。

「查這個幹嘛？小小年紀用什麼香水啦。」葉蓉萱翻了她一個白眼。「妳還不如把這個時間拿去多看幾頁選讀。」

程文馨噘起嘴，坐直身子，放開了葉蓉萱的身體。「老師，妳這個時候講什麼選讀啦，有夠煞風景的耶。」

「是嗎？」葉蓉萱對她挑起眉。「現在這個時候，妳不是應該要好好寫作業或是看書嗎？我讓妳待在這裡，不代表妳就什麼都不用做了耶。」

「好嘛，好嘛。」程文馨咬著嘴脣，但卻藏不住嘴角的笑意。「那我現在看書，老師，妳不要趕我走。」

葉蓉萱嘆了一口氣，轉頭面向自己的螢幕。程文馨拿起鉛筆，試著繼續專注在她的數學題目上。但是，任何三角函數的公式，都沒有葉蓉萱的存在來的吸引她。

她用眼角打量著葉蓉萱的側臉。老師似乎注意到了她的目光，偏頭朝她看了過來，她便立刻低下頭，假裝認真地盯著眼前的習題看。

整個辦公室裡，就只有程文馨和葉蓉萱兩人，還有冷氣低頻的運轉聲響。

而程文馨從來沒有覺得這麼滿足過。

這天，葉蓉萱和她一起在辦公室裡待到晚上八點多。當葉蓉萱拍了拍她的手臂，提醒她們該走了的時候，程文馨真希望今天晚上的時間永遠不要結束。

不過她猜，做人真的不能太貪心。離開學校、看著葉蓉萱往捷運站的方向走時，程文馨才意識到，自己終於可以好好呼吸了。

回到家後，程文馨早早洗完了澡，然後把自己關進了房間裡。家裡其他的空間一片漆黑，就只有她的臥室裡有燈光。

她爸媽今晚不知道又去參加什麼人的餐會、或是什麼代表大會了，不過這樣也好。如果她蹺掉了補習班的課，她還得在外面閒逛到下課時間才能回家。

程文馨把床頭的音響打開，連上手機的藍芽。她在床上躺下，把腳高高抬起，跨在床頭櫃上。她打開手機的瀏覽器，搜尋起葉蓉萱今天所說的那款香水。

她跟著音樂，低聲哼唱起泰勒絲的〈愛的告白〉。這是最近上課時，葉蓉萱拿來當教材的其中一首歌。泰勒絲是老師最喜歡的歌手之一，對程文馨來說似乎有點老了，但是她的音樂，她在歌曲中說的故事，程文馨倒是非常讚賞。

有異議的，現在就請提出。否則，請永遠保持緘默。

程文馨聽著歌詞，感覺自己的嘴角忍不住上揚。她可不是那種會保持緘默的女孩。她對葉蓉萱的表示，完全是緘默的相反。

她不確定自己是什麼時候睡著的，但是她一定是睡著了，因為當她再度醒來時，是聽見有人在敲她的房門。

「文文？妳回家了嗎？」媽媽的聲音在門外響起。

程文馨迷迷糊糊地睜開眼，一時之間還沒有反應過來。她甚至不確定那到底是不是她幻想出來的。

現在到底幾點了？

她還沒有應聲，她的房門就被人推開，媽媽走了進來。他們每次都這樣，好像程文馨的房間也是他們的地盤之一，他們想做什麼就做什麼。就連在家裡，她都沒有屬於自己的位置——或者說，尤其是在家裡。

程文馨壓下心中對媽媽出言不遜的衝動，翻身從床上坐起，搓了搓眼睛。她不想和媽媽起衝突，尤其是她下午才和葉蓉萱度過了愉快的幾小時，她不想讓任何事情破壞她今天的美好回憶。

媽媽穿著一身正式的套裝，格紋外套、襯衫和格紋及膝短裙，手上勾著一個小手拿包。她的臉上還帶著濃濃的妝，看起來才剛結束今晚的行程。

「媽。」程文馨點開手機螢幕，把音樂關掉。「怎麼了？」

媽媽的表情嚴肅，塗著深色唇膏的嘴唇緊抿成一條線。「妳今天沒有去補習嗎？」她說。「我打了這麼多通電話給妳，妳都沒有聽到嗎？」

電話？

程文馨皺起眉，拿起手機。這時她才發現，通知欄裡有好幾通來自爸媽的未接來電，全都是在她睡著的這段時間裡打來的。

天啊。她睡了這麼久？

「嗯，沒去。」程文馨咕噥道。

媽媽的問句基本上不是在問她問題。她也沒有撒謊的必要。

「妳跑到哪裡去了?補習班還打電話來給我。」媽媽的雙臂在胸口交抱。「妳為什麼要蹺課？」

「我在學校。」程文馨說，一邊撇開視線。「在那邊寫作業。」

或許是她的反應太理所當然，她聽見媽媽的聲音大了起來。「作業?為什麼不能回家再寫？」媽媽說。「妳的補習班，我們也是有付錢的。妳如果不想去，我們可以去退班——」

「那有什麼差？」程文馨嘀咕了一句。

「妳說什麼？」

聽到錢這個字，程文馨發現她沒有辦法壓下心中逐漸沸騰的火氣。除了一天到晚拿著錢來堵別人的嘴，他們到底還會什麼？

從小到大，他們就只會給她錢。好像只要用錢，他們的女兒就會奇蹟似地自己長大一樣。

「我說，你們有差那一點錢嗎？」程文馨抬起頭，迎上媽媽的目光。「我這學期的補習班多少錢，五萬？十萬？」

媽媽的雙眼睜得好大，不可置信地瞪視著她。「程文馨！妳是要把這十萬塊丟水裡是不是？十萬也是錢。」她斥責道。「妳是不是在學校和同學玩過頭了？玩到該做的事都不會做了？」

「我沒有。」程文馨回答。「我就只是想要在學校把作業寫完，就這樣而已。」

「妳如果不想補習，我們就去退班。現在才剛開學，補習班那邊還可以退。」媽媽說。「我們也不用把錢浪費在這種地方。」

「對，我蹺一次補習就叫浪費錢。」程文馨翻了個白眼。「妳跟爸爸買一輛三百萬的車就不叫浪費錢。」

「妳講話小心一點，文文。」媽媽警告道。

程文馨咬住嘴脣，硬是阻止自己繼續回嘴。和她說這些沒有意義，她知道。她媽媽從來就沒有聽懂過她想說什麼。或許她也有一部分的責任吧──畢竟用這種方式對父母說話，要他們理解她，簡直是不可能的任務。

但如果她媽媽真的想要知道自己女兒在想什麼，她就會問了，不是嗎？她就會給她一個為自己分辯的機會。

母女倆之間陷入一片沉默，程文馨垂下視線，盯著自己的腳趾。

最後，媽媽吐出一口長氣，再度開口。

「我再給妳一天的時間考慮。」她的聲音聽起來冷靜了許多，又恢復了平常疏離而平淡的語調。「如果妳不想補了，我就打電話去退費。」

程文馨一句話也沒說。

媽媽走出房間，將門在身後帶上。程文馨倒回床上，把臉埋進枕頭裡，發出一聲惱怒的低吼。

她真希望自己可以一直待在學校裡，待在老師身邊。

只要和老師聊聊，她就會感覺快樂多了。光是看著老師的微笑，就能讓她一肚子的悶氣消去大半。

要是……葉蓉萱現在在她身邊就好了。

第六章　妳值得我多寫一篇報告

葉蓉萱實在不知道事情怎麼會變成這個樣子。不，她不能這麼說。她在騙誰？她完全知道為什麼會變成這樣。

那一天，程文馨跑來辦公室待到八點多，葉蓉萱就意識到，好像有什麼事情不太對勁。她保護了程文馨的自尊，也維護了師生之間的善意，更把該說的話都說好了。程文馨沒有因此而和她心生芥蒂，她和鄭宇廷也沒有再為了那條手鍊、或是學生的事情產生任何爭執。

她簡單的生活，和剛起步的教學生涯，並沒有因為這個小小意外而遭到破壞。她依然是那個受到學生歡迎的老師，以及鄭宇廷眼中的好女友。

但是，她為什麼還是覺得心裡不踏實？

或許是因為，程文馨看她的眼神變得不太一樣了。

葉蓉萱說不上來是哪裡變了。程文馨看她的時候，雙眼發亮的樣子，從第一天開始就是那樣。但自從她說了不生氣之後，每當她看見程文馨的眼睛，她都覺得她眼裡的笑意，多到像是快要溢出來似的。

最貼切的說法，是程文馨看起來整個人都在發光。葉蓉萱不確定這抹光芒是從何而來，但是它出現的時間點讓葉蓉萱感到很不踏實。

葉蓉萱不知道她能怎麼辦。畢竟，她總不能阻止她笑，對吧？

隔天放學後，程文馨再度出現在辦公室門口，書包斜跨在胸前，雙手插在口袋裡。

「文馨，怎麼啦？」

葉蓉萱看著她，心裡有一股不太好的預感。程文馨臉上的表情和平時大不相同，總是上揚的嘴角，此刻正像一艘翻過去的小船。

今天上課前和下課後，當程文馨來替她拿袋子的時候，葉蓉萱就隱隱覺得她的小老師比平常安靜了許多。她認識程文馨這一個多月來，她不是向來都唧唧喳喳地說個不停嗎？但她今天出奇地沉默，只是背著葉蓉萱的袋子，走在她身邊。

葉蓉萱試著問了她兩句，但是程文馨沒有多做解釋。「沒事啦。」她說。「我只是覺得好累喔。」

「昨天晚上沒睡好嗎？」

「嗯。」

然後就這樣，程文馨整路上都沒有再說話。

這實在太不正常了。

她不喜歡她學生這種鬱悶的模樣，尤其是文馨。那個蹦蹦跳跳的女孩，那個嘴好像永遠停不下來的女孩，不應該看起來這麼低落。尤其在見過程文馨這段時間活躍的模樣後，現在的反差，更令葉蓉萱擔心。

現在，程文馨就站在她面前，臉上一片烏雲密布。

「來吧，先過來這裡坐。」

葉蓉萱對她招招手，程文馨便垮著臉，踱著腳步朝她走來。她在辦公桌旁的學生椅上坐下，賭氣地把書包放在地上。葉蓉萱忍不住在心中一陣好笑；都已經上了高中，發起脾氣來的樣子怎麼還像個小朋友一樣？

葉蓉萱提醒自己，十七歲的孩子，依然還是個孩子。儘管程文馨的表現總像是比同齡的青少年來得老成，但她不能期待她處事都像個大人。

「妳怎麼啦？」葉蓉萱在自己的辦公椅上坐下，仔細打量著她的臉。「怎麼不回家呢？」

「我不想回家。」程文馨說。

葉蓉萱愣了愣。「為什麼？」她問。「發生什麼事了？」

「沒有。」程文馨搖搖頭，低頭摳著自己的指甲。

葉蓉萱沉默了一下。程文馨既不願意跟她說，但又跑來這裡找她，是想要做什麼呢？

不論程文馨發生了什麼事，葉蓉萱猜想，她現在需要的，應該是她能夠信任的成年人所帶來的陪伴。就程文馨告訴她的一些事，葉蓉萱大概也感覺得出來，程文馨和她的父母並不算親近。如果葉蓉萱是她此時唯一願意相信的大人，那麼她當然不能將這孩子推開。

「如果妳不想說的話，那我在這裡陪妳待一段時間，好嗎？」葉蓉萱說。

程文馨抬眼看向她。「老師，妳今天趕著要回家嗎？」

「呃，是沒有。」

葉蓉萱猶豫了一下。她今天本來是打算要去書店找一本書的，但這也不是非今天做不可。

可是另一方面，她又不希望自己的行程，因為程文馨的一句話而打亂。首先，這樣，她要怎麼和鄭宇廷交代？為了程文馨而取消原定計畫，這對鄭宇廷來說，是破壞原則的行為，即使她本來的計畫並不是什麼大事。但葉蓉萱也懂；她現在為程文馨做出這種程度的讓步，那麼下一次呢？她能讓步到什麼時候？

於是，她試著開口：「但是，我等一下得去買個東西。我今天可能不能在學校待太久……」

聽見她這句話，程文馨的雙眼突然一亮。她傾身向前，靠向葉蓉萱。

「老師，不然，妳就讓我跟著妳去，好不好？」

她的口氣熱切，雙眼在葉蓉萱臉上來回打量。

葉蓉萱眨了眨眼，抿起嘴，暗自嘆了口氣。好吧，她倒是沒有想到還有這條路。如果真的要問她的話，她的答案當然是「不好」了。只是，當她看著程文馨那張甜美的小臉上挫敗的表情，這句話，她實在是說不出口。

誰知道一個十幾歲的小女孩，在心情這麼沮喪的狀況下，會做出什麼事來？讓程文馨留在她身邊，總比讓她一個人在街頭遊蕩好多了，對吧？而且老師和學生一起去書店買本書，有什麼大不了的？

這麼決定後，葉蓉萱對她微笑。「好吧。那妳書包拿著，等我一下。」

「好！」

程文馨鼻子兩旁的肌肉向上提起，露出了更像她平時的笑容。

葉蓉萱不確定自己這樣做究竟是不是對的。直到她和程文馨一起走進捷運站時，她都還拿不定主意。

但是至少程文馨看起來比剛才愉快許多，葉蓉萱把這當成一個小小的進步。

「我覺得，大部分的人應該看不出妳是我的老師。」程文馨一手抓著捷運的吊環，對葉蓉萱低聲說。「我們看起來應該更像是閨蜜吧。妳看，我們還戴著同款手鍊欸。」

程文馨把手腕貼在葉蓉萱的手邊，露出微笑，像是沾沾自喜。

「也沒有那麼像同款吧。」葉蓉萱指出。「這種手作手鍊，不是都長得差不多嗎？」

「不管啦。這就是電影裡面會說的那種，女生戴的友情手環啊。」程文馨說。「還是那天那個誰說的，是定情物呀。」

「少亂說話。」

葉蓉萱感覺自己的臉頰開始變得溫暖。她拍了一下程文馨的手臂，瞪了她一眼。不知道是不是她的錯覺，程文馨對她口頭上的玩笑，是越來越厚臉皮了。現在離開校園的場域，她們師生之間的界線立刻變得模糊。她們只是一個十七歲的少女，與一名碩士剛畢業不久的職場新鮮人。

從這個角度來看，她似乎也不能責怪程文馨的口無遮攔。

程文馨只是嬉皮笑臉地聳了聳肩。

在捷運上，與文馨一起擠在眾多學生與通勤的上班族之間，葉蓉萱突然意識到，程文馨看起來比她以為的還要高。

現在的高中生，看起來一點都不像是高中生了。葉蓉萱還記得自己十年前的樣子，頂著一頭清湯掛麵的黑髮，穿著笨拙的制服裙，看起來像個傻瓜，實際上也確實還是個傻瓜。

但是看看程文馨，如果沒看見她的書包和制服上的學號，她看起來就只是個漂亮的年輕女人——而且帶著一種率性的帥氣。

如果葉蓉萱是她的媽媽，她應該會非常以自己的女兒為傲才對。為什麼程文馨會和自己的父母如此疏遠？葉蓉萱只能猜測，或許因為他們花更多時間在事業上，才能讓程文馨過上優渥的日子、唸這樣的國際學校，還有花不完的零用錢。

她自己和媽媽的關係是非常親近的，並不是說她們從來不起衝突，但她學生時代和媽媽扯著喉嚨一來一往地大吵，現在想起來也是她們親密的證明。

她打量著程文馨的側臉，猜想她平常在家裡都是過怎樣的生活。

「幹嘛偷看我？」程文馨歪著嘴一笑。

葉蓉萱立刻撇開頭。

「我是說，妳可以正大光明地看啊。」程文馨的聲音很低，但是裡頭捉弄的口氣倒是清清楚楚。

像是受到什麼召喚般，葉蓉萱不由自主地看向她。程文馨的雙手抓著上方的吊環，把頭靠在舉起的手臂上，正對著她甜甜地微笑，像是在期待葉蓉萱的反應。

葉蓉萱的心臟突然重重一跳，好像撞上了她的胸腔。她反射性地回給程文馨一個笑容，但是她無法對自己解釋她此時詭異的生理反應。一定是車廂裡太熱了，現在她才會覺得全身冒汗吧？

無論如何，她只是很慶幸，目的地的車站距離她們現在的位置不遠了。

下了捷運之後，程文馨跑去廁所，把自己的制服襯衫脫了，只穿著裡頭的一件小背心。她把襯衫塞進書包裡，稜角分明的肩膀和細長的手臂變得更顯眼了一點。葉蓉萱突然覺得自己不該繼續看著她的身體——那件背心雖然不算是內衣，但畢竟是女孩身上更貼身的衣物，打量對方，讓葉蓉萱覺得自己像某種心懷不軌的壞人。

而她臉頰上的溫度，更是對現狀沒有幫助。

現在，背著美式品牌後背包的程文馨，看起來只是個穿著率性、充滿活力的年輕女人。「這樣我就看不出來是哪一個學校的學生了吧。」她邊說邊勾住葉蓉萱的手臂。「我很低調的。」女校出身的葉蓉萱早就習慣了與同性這種親密的肢體接觸，程文馨在學校內也會對她勾肩搭背的。她早就見怪不怪了。

她們沿著捷運站的地下道，往書店的方向走去。

「所以，文馨。」當她們走進書店地下室的商場空間時，葉蓉萱再度開口。「妳現在要不要告訴我，妳為什麼不想回家？」

一股香甜的烘焙氣息，從一旁的肉桂捲店舖裡傳來。葉蓉萱忍不住深吸一大口氣。

「原因很重要嗎？」程文馨瞥了她一眼，撇撇嘴角。

「很重要呀。」葉蓉萱說。「如果出了什麼事，妳得說出來，我才能幫妳。」

程文馨沉默了幾秒，只是和葉蓉萱一起穿過美食街中央的座位區。葉蓉萱耐心等著她開口。在這種時候，就算逼問，也問不出答案的。

「如果是妳能幫忙的事，我就會找妳幫忙了，對吧。」

最後她只得到了這一句。葉蓉萱抿了抿嘴。雖然不是她想聽到的回答，但是她的確沒辦法反駁程文馨的話。

兩人在手搖杯的攤位前停下腳步，讓葉蓉萱買飲料。程文馨再度提議要請客，但是這一次，葉蓉萱嚴詞拒絕了。不僅如此，她還買了一杯一樣的特調茶，當作回請程文馨。

「這是上次妳請客的回禮。」葉蓉萱告訴她。「妳不能拒絕。」

程文馨只是噘起嘴，對她扮了個鬼臉，但是臉上浮現起一抹微笑。

等到店員叫了她們號碼牌上的數字後，兩人便繼續往樓上的書店前進。

程文馨咬著吸管，沉默地站在電扶梯上，雙眼看著兩側大片的牆上廣告。

「老師，妳知道嗎，其實讓我跟妳出來，就已經是在幫我了。」

葉蓉萱轉過頭。程文馨睜大了雙眼，正直直望著她，臉上的表情是一團誠實。

「因為我就算回家，家裡也都沒有人。」她說。「那我還不如在外面待到睡覺時間再回去。反正都沒有什麼差啊。」

「噢。」葉蓉萱頓了頓。「妳爸媽工作很忙吧？」

程文馨點點頭，聳了聳肩。「對啊。我一個星期搞不好都見不到他們幾小時。」

這和葉蓉萱猜測的差不多。她只是不太相信，程文馨是為了這個事實感到鬱悶。這樣的狀況肯定持續了不止一天兩天，會讓程文馨沮喪得不願回家，還必須有其他更短期的導火線。

「所以……妳今天心情不好，也是因為這個嗎？」她試探性地問。

「喔，妳說那個啊。」程文馨咧開嘴。「那是因為，我昨天晚上跟我媽吵架啦。回家的感覺太討厭了，我只想要找地方轉換一下心情。」

葉蓉萱點點頭，決定先不要追問下去。程文馨願意告訴她這些，對她來說暫時已經足夠了。至少她現在覺得，她能更明確地拼湊出程文馨這個孩子，種種行為背後的動機。

父母忙於工作、青少女渴望得到重要他人的關注，而她這個老師，則是最接近這種重要他人的存在。或許再加上葉蓉萱本身的年紀、性別，以及和學生的相處方式，使程文馨更願意信任她吧。

這樣一想，葉蓉萱就覺得，她更不能貿然將程文馨推開。她不想辜負學生對她的依賴，也不希望文馨對身邊的成年人感到更失望。

在她能力所及的範圍內，她並不介意儘量滿足她。

「這種事常有啦。」葉蓉萱笑了起來。「我跟我媽以前也吵得很兇，是後來大學去外宿之後才好一點。這就是所謂的，距離會產生美感？」

「真好啊。」程文馨嘆了口氣。「我也想要趕快搬出去住。」

「快了，快了。」葉蓉萱向她保證道。「剩下一年，妳就要上大學啦。到時候，記得考個遠一點的學校。」她朝程文馨眨了眨眼。

兩人進入位於三樓的書店，在一排排書架之間穿梭。

「可是，如果考太遠的話。」程文馨的手撫過書架上的書背，若有所思地說。「那我就很難和老師見面了耶。」

「這是重點嗎？」葉蓉萱開玩笑地對她翻了個白眼。「大學當然還是選妳有興趣的去唸啊。而且，搞不好我明年就考上正式了。然後我就不會繼續在你們學校啦。」

儘管這麼說，葉蓉萱卻自己也感到有點心虛。

後半句話，只能算是她的癡人說夢。

今年能這麼順利地考上代理，而且還是在環境這麼特別的國際學校，她知道自己已經該心懷感激了。許多和她同屆的同學，都還在努力準備甄試，或是先從代課開始的。

為此，她更應該好好珍惜現在這個機會，珍惜她得來不易的學生們。

「不行，妳不能這麼快走。」程文馨嘟起嘴，快步走到她身邊，再度勾住她的手臂。「至少帶到我們高二結束吧？」

「這是一定沒問題的。」葉蓉萱向她保證道。「只要你們乖一點，不要把我氣跑就好。」

程文馨「哈」地笑了一聲。

兩人來到原文小說的書架前，葉蓉萱的雙眼開始在一本本展示的新書中，尋找她今天來此的目的。然後她的雙眼落在一本犯罪類自傳的封面上。

那是最近在串流平台上討論度極高的犯罪影集中，出現的真實人物自傳。她就是在和鄭宇廷一起看過了影集之後，才想要來找劇中人物的書來看看的。

她將書本從書架上取下，翻到背面，讀起簡介。

「老師，妳很常看原文書嗎？」程文馨在一旁，好奇地打量著她手中的書。「這是有改編成影集的，對吧？」

「對啊。」葉蓉萱說。「這本的影集很好看喔，妳可以去找找看。中文好像叫做《創造安娜》吧。」

「妳都是跟妳男朋友一起看的嗎？」

聽到這個問題，葉蓉萱忍不住挑起眉，抬眼看向文馨。

「是啊。」她回答，暗自覺得好笑。「怎麼了？」

「那我下次也要跟老師一起看影集。」程文馨說。

她的口氣，理所當然到讓葉蓉萱一時之間找不到話能拒絕。她只是直盯著眼前的少女，卻一句話也說不出來。

程文馨提起鄭宇廷，不知怎麼地使她無比尷尬。最後那句話中隱隱含著某種比較的意味，是她的錯覺嗎？

或者，這只是青春期的女孩表達任性的方式。對，一定是這樣的。

「如果有機會的話，是可以啊。但是週末的時候，我男友都會來我這裡過夜喔。」

最後，葉蓉萱這麼說道。

話一出口，她就瑟縮了一下。這句話在腦子裡，聽起來還沒有那麼荒唐。她怎麼會拿這一點來當作婉拒的藉口？或者說，她想要用這句話來拒絕什麼？

但是程文馨顯然沒有意識到她的一系列內心糾結，就算有，她也沒有表現出來。

「我又沒有說要週末去找妳。」她只是微微一笑，露出上排的牙。「我可以放學之後跟妳一起看啊。」

葉蓉萱張開嘴，然後又硬生生地閉上。

雖然一部分的她確實感到不太恰當，但是真要她說哪裡不妥，她卻又說不出口。除了她們的身分是學生和老師之外，她還有什麼理由，不能讓程文馨和她一起看影集？就跟妳不能收她的禮物是一樣的原因；因為老師和學生的身分有別。妳想選哪個？一個細小的聲音在她的腦中說道。但是葉蓉萱輕易就把它推開了。

有何不可？她教書的其中一個原則，不就是把學生當成朋友嗎？

那麼，和朋友一起看影集，又有什麼錯？

「好啊，之後看看。」葉蓉萱說。「但是我有個條件。妳看完之後要寫英文的心得報告給我——而且這要算成績的。」

「為什麼！」

「因為我是英文老師。」葉蓉萱微笑起來。「這就是妳來找英文老師看影集的代價。」

程文馨皺起鼻子，抗議地哼了一聲。然後她嘆了一口氣。

「好吧，好吧。」她說。「妳值得我多寫一篇報告。」

「這叫做機會教育。」葉蓉萱回答。「不能錯過任何一個學習的機會呀。」

程文馨翻了個白眼。但是在她們前往櫃檯結帳時，她的腳步倒是一直都蹦蹦跳跳的。

而讓葉蓉萱意外的是，就連她自己，也覺得心情莫名地雀躍起來。孩子就是這樣，給了她一點甜頭，就能讓她的心情振奮。為了一個甚至不知道會不會兌現的口頭支票，程文馨一下午的鬱悶情緒，似乎一掃而空。

買完書後，程文馨便開始抱怨起肚子餓。兩人回到商場地下室的美食街，一起吃了晚餐。她們輪流去點餐，另一個人在座位上看著她們的包包；至少葉蓉萱很高興，這次程文馨沒有堅持要替她買單。

等到葉蓉萱終於踏入家門時，時間已經過了晚上九點。她傳了一個訊息給鄭宇廷，告訴他自己剛到家，然後便匆匆去浴室卸妝和洗澡。

半小時後，她回到床邊的地毯上，一邊用毛巾把頭包起來，一邊打視訊電話給男友。

電話響了不到兩聲就接通了。鄭宇廷正趴在枕頭上，對她露出微笑。

「今天比較晚到家唷。」鄭宇廷說。

「對啊，我去了一趟誠品。」葉蓉萱回答。她伸手撈過自己的包包，從裡面拿出裝了書的紙袋。「我買了這個。」

她把書拿出來，在鏡頭前晃了晃。「你記得《創造安娜》裡面的瑞秋嗎？這本就是她寫的那本書。」

「噢，那個讓她賺了幾百萬版稅的大作嗎？」鄭宇廷點點頭。「等妳看完之後借我吧。我也想看。」

「好哇。」葉蓉萱說。「今天上班如何？實驗順利嗎？」

「不算順利欸。」鄭宇廷說。「有一個樣品的測試結果有問題，所以沒有辦法結案……」

鄭宇廷開始如往常一樣，說起自己在實驗室裡的工作狀況。葉蓉萱一邊聽著，一邊在適當的時機給予回應。

但另一方面，她卻覺得心底有一絲罪惡感在拉扯著她。

她沒有和鄭宇廷說，是文馨和她一起去的書店。不僅去了書店，還一起吃了晚餐。

她只是沒有機會說而已，她在心中為自己辯解道。

回想剛才的對話，她似乎找不到地方，可以加入這個小小的資訊。硬要提起的話，才更顯得此地無銀三百兩。

所以，這不算說謊，對吧？

機。

隨著對話繼續進行下去，他們離書店的事情越來越遙遠了。她已經錯過了最佳的時

如果之後有機會提到這件事，她就會告訴鄭宇廷的。她只要順口說出程文馨今天也在的事實，然後假裝忘記自己有沒有說過就好。

然後，這個小意外就可以輕鬆解決了。

第七章　就一個就好

「程文馨，妳今天心情很好喔。」隔壁座位的同學用好笑的眼光，上上下下地打量著她。

程文馨一邊把書本和筆袋塞進書包裡，一邊意識到自己上揚的嘴角。

嗯，沒錯，她是心情很好。

「對呀。」程文馨把藍色的運動外套披上身，然後將書包掛在肩上。「先走啦。」

「在急什麼啦。」同學笑了起來。「趕著去約會喔。」

程文馨的手都已經抓住後門的門把了，但在她聽到這句話時，她還是忍不住停下了腳步。「沒錯。」她咧嘴一笑，一邊希望自己的笑容不要看起來太誇張。

她喜歡當作自己現在是要去約會，這會讓她感覺自己好像長大了很多——長到可以和葉蓉萱平起平坐的地步。

她三步併作兩步地跑下教學大樓的樓梯，一路往校門跑去。

一衝出校門，程文馨便掏出手機，打開訊息視窗。她的置頂聊天室暱稱寫著葉蓉萱，後面還配上一個太陽的表情符號。

老師的大頭貼是她和男友牽著手的照片，葉蓉萱親密地貼在男人身側，兩人站在某個像是森林公園的地方。

一股略顯苦澀的感覺從她的身體某處竄出，雖然只有短短幾秒鐘，但程文馨不可能忽視它的存在。好笑的是，在她和葉蓉萱成為好友後的這幾天裡，她已經快要習慣這種感受了。

她在聊天室裡丟了一個蹦跳的兔子貼圖。

「現在去買肯炸雞囉。」她在訊息裡寫道。「妳要什麼口味？」

幾乎是同一個瞬間，葉蓉萱就已讀了她的訊息。

「原味的，幫我拿兩包起司粉。感謝！」葉蓉萱這樣回覆道，然後是一張小熊雙手比愛心的貼圖。

程文馨快樂地把手機塞回口袋裡。

她真的好快樂，她不記得自己上一次打從心底地感到快樂是什麼時候了。

她還是不敢相信，她現在也是老師的Line好友了。好像她們真正成為朋友了一樣。

她只要一想到自己的名字出現在老師的好友清單裡，她就覺得心底有一連串的泡泡冒出來，令她渾身輕飄飄，好像隨時都會雙腳離地。

酸澀與輕盈的感覺，真的有可能同時並存嗎？兩種極端的情緒在她心裡翻滾，儘管混亂，但她不得不說，她並不討厭。

上一次和葉蓉萱說好，要找時間去她家看影集之後，程文馨就一直把這個約定牢牢記在心頭。不過，她至少還有一點耐心，知道不要立刻就吵著去實行。

她只想要花更多時間和老師在一起，越多越好，但她也知道，如果自己黏得太緊，她只會把葉蓉萱更快推走。所以，她只是常常在放學後去辦公室找葉蓉萱——而她所謂的「常常」，差不多就是每一天。

不過，葉蓉萱似乎已經習慣她時不時出現在身邊的狀態了。一開始，葉蓉萱還會在她出現時，問她「怎麼了」，但現在她只會露出心領神會的微笑，然後讓她在桌子旁坐下。她喜歡這種默契，這種只有她和葉蓉萱獨享，沒有任何人能介入的默契。

就連辦公室裡其他的老師，都開始認識程文馨了。他們會在程文馨出現時，對葉蓉萱說：「妳學生又來囉？很認真唷。」或是：「妳老師是給了妳什麼好處啊，讓妳天天這樣跑來。」

而程文馨只會咧嘴一笑，等著葉蓉萱替她解釋。她最喜歡看著葉蓉萱帶著尷尬的微笑，對其他老師說：「因為她就很喜歡纏著我問問題啊。」的時候。

她確實是很喜歡纏著葉蓉萱問問題，只是她問的，都不是課業。

又過了一個星期之後，直到程文馨覺得自己等待得夠久了，她才終於開口提起去看影集的事。

說實話，在實際開口之前，程文馨都還不太肯定，葉蓉萱上次那麼說，究竟到底是不是客套而已。當她問出那句話的時候，她微微屏住氣息，準備迎接葉蓉萱臉上錯愕和驚嚇的表情。

但是她沒有。

葉蓉萱只是抬起頭，數了一下手指，然後和程文馨說：「那我們約下星期二可以嗎？」

星期二是程文馨要補習的日子，但是要選擇哪一邊，她倒是一點也不用猶豫。

「老師，那妳給我妳的Line好不好？」程文馨問。

她小心翼翼地打量著葉蓉萱的表情，觀察她眉眼之間的變化。

這段時間以來，她已經逐漸學會解讀葉蓉萱許多細微的表情。她知道葉蓉萱在猶豫什麼的時候，眉尖會輕輕抽動、雙眼轉向天花板，也知道當她被程文馨說的話弄得又好氣又好笑時，她的眉毛會向下撇去，嘴脣抿成一條歪扭的線。

此時，她看著葉蓉萱精緻的眉毛微微蹙起。然後她低下頭，看向自己的手機。

「好啊。」幾秒後，葉蓉萱說。她滑開自己的通訊軟體，把加入好友的條碼轉向程文馨。「妳加我吧。」

掃描過條碼後，葉蓉萱的好友頁面，便立刻出現在她的螢幕上。

程文馨的心臟怦怦跳著，總覺得自己好像在做某種實驗，稍有不慎，就會全盤失敗似的。她試探性地傳出一個揮手打招呼的貼圖。老師的手機，立刻傳來收到訊息的通知音。

於是，現在的程文馨，才能像是和普通的朋友聊天一樣，傳訊息和老師討論炸雞的口味。

程文馨踩著輕巧的步伐，前往不遠處路口的速食店。她照著葉蓉萱的吩咐，點了原味的炸雞桶，然後在等餐的時候，又跑去了旁邊的便利商店，買了幾根棒棒糖。

她拆開一根糖果，塞進嘴裡。酸甜的滋味令她忍不住瞇起眼睛，就和她現在的心情一樣。

不久後，她便帶著香氣四溢、熱騰騰的炸雞桶，搭上捷運，前往葉蓉萱傳給她的車站。

程文馨照著Google地圖的指示，在商業區的一條窄巷內，找到了葉蓉萱的租屋處。

她抬起頭，看向三樓的窗戶。幾扇窗戶裡都亮著燈，但她看不出來哪一間屬於葉蓉萱。她打開聊天視窗，傳了一句：「我到啦。」

老師回了一個「ＯＫ」的貼圖，一分鐘之後，樓下的大門便打開了。葉蓉萱白淨的臉，從門中探了出來。

「嗨。」她對程文馨露出燦爛的笑容。

程文馨舉起手中的炸雞。「不好意思，外送喔！」

葉蓉萱笑出聲來，向後退開一步，讓程文馨進門。老師已經換成了舒適的居家服，看起來寬鬆柔軟，長長的頭髮向後束成一個鬆散的馬尾。

在老師的帶領下，她們來到了三樓的分租公寓。

葉蓉萱打開一道鐵門，領著程文馨穿過一條不算寬敞的走道。走廊盡頭的房間門口，擺著一塊熱帶植物圖樣的踏腳墊。

葉蓉萱將鑰匙插進鎖孔裡，推開門，對著程文馨行了個半禮。

「歡迎光臨寒舍。」她用英文說道。

程文馨咧開嘴。但是就在她跨進門框之前，她突然感到心臟再度加速了。她從來沒有想過，她居然有機會踏入老師的房間裡。

簡直就和做夢一樣。

如果這是夢，她希望她可以做一輩子。

她深吸一口氣，回頭瞥了葉蓉萱一眼，然後走了進去。

走進門內，首先是一股撲鼻而來的香氣。淡淡的，甜甜的，和老師身上的香水味有一點像，但是還混合了一點其他東西。

程文馨睜大眼睛，四處張望著。

這裡和她的家好不一樣。

程文馨家的房子，所有的傢俱都高貴、華麗，桌椅和櫃子都是拋光過的實木，邊桌上擺著透亮的水晶檯燈。高高的天花板上，光線明亮而冰涼，就連原木的地板，踩起來都顯得特別滑溜。程文馨的房間，傢俱全是她爸媽挑選的，古典的床架，雕花的書桌，還有幾乎要頂到天花板的大書櫃。

所有的東西都收拾得一絲不苟，因為有潔癖的爸爸，沒有辦法容許家裡有一點點髒亂。

而這間套房，只比程文馨在家裡的房間大一點點，但是裡頭卻布置得柔軟而溫馨。地上的長毛地毯看起來觸感很好，令她想要直接在地上躺平。地毯上放著一張矮桌，最多只夠兩個人圍著它吃飯，此時，上面還堆著一疊教材和參考書。一張雙人床墊，鋪在架高起來的地板上，靠在角落，床上堆著漂亮的抱枕，和看起來十分柔軟的棉被。房間牆上貼著美麗的電影海報，床頭旁的矮櫃上也放著幾個相框。

比起她自己的房子，這裡更像是有人住的「家」。如果可以，她真是一點也不想離開。

「我家很小，就麻煩妳將就一下啦。」葉蓉萱在她身後，有點難為情地說。

程文馨轉過身，用力搖了搖頭。「老師，這裡好美喔。」她張開雙臂，向四周比劃著。「就像IG上那種網紅的房間耶。」

「當初在布置的時候，有參考一下。」

葉蓉萱吐吐舌，扮了個鬼臉。她把棕色的長髮撩到肩膀後方，彎身將矮桌上的書本搬到床上。

「我們就坐地上吧。」她說。「炸雞可以擺在這裡。」

程文馨照著老師說的做了，然後她才發現，小桌對面的那一面牆是一片空白，沒有任何裝飾品。

「那邊是什麼啊？」她指向牆壁。

葉蓉萱對她眨了眨眼。「妳等一下就知道了。」她招呼道：「坐吧，文馨。」

程文馨才剛坐下，葉蓉萱便把房間的燈關了。她的眼睛還沒有完全適應黑暗，但接著，她就聽見一陣機器運轉的聲音。

那片空白的牆上，突然被一片燈光照亮。程文馨錯愕地轉過頭去，看見床櫃上有一台小小的投影機，正對著那面牆。葉蓉萱點了幾下手機，串流平台熟悉的登入提示音，便從小音響中傳了出來。

白色的牆上，出現像電影院一般的巨大畫面。程文馨眨著眼，看著葉蓉萱點開了其中一部影集。

「老師！」程文馨不禁歡呼起來。「這太厲害了吧！」

葉蓉萱大笑著，繞過床鋪，來到程文馨的身邊坐下。

「好啦，開動，開動。」葉蓉萱邊說，邊打開了炸雞桶的蓋子。「這部很好看喔，我之前看過一次。」

「好喔。」

說實話，程文馨一點也不介意她們今天要看什麼劇。光是能和老師並肩坐在昏暗的房間裡，吃著炸雞，她就覺得自己的心臟滿足得快要爆開了。

影集的片頭緩緩展開。程文馨試著專注在影片上，但是葉蓉萱的身體就在近在咫尺之處，她的手臂，幾乎就和她貼在一起。她甚至可以聽見葉蓉萱的呼吸聲。

她很努力了，真的。她吃掉一支雞翅和一根小雞腿，並堅持不要往葉蓉萱的方向看去。

程文馨堅持了十五分鐘。而她已經覺得比憋尿還難受了。

最後，她終於放棄抵抗。她偷瞥了一眼蓉萱，看見她咬著炸雞，一邊聚精會神地看著螢幕。一塊炸皮沾在葉蓉萱的臉頰上，但她似乎一點也沒察覺。

程文馨低聲笑了起來。

「怎麼啦？」葉蓉萱問，不過她的眼神仍定在螢幕上。

「妳臉上弄髒了。」程文馨說。

「嗯？」

葉蓉萱好像還沒有意會過來。她才剛看向程文馨，她便拿起一張紙巾，替葉蓉萱抹去了臉上的油漬。

葉蓉萱愣了愣，手上還握著啃到一半的雞腿。

她的眼睛瞪得好大，但是程文馨來回打量著她的雙眼，卻沒有看見一絲驚懼或擔憂的神情。她的身體也沒有往旁邊挪開。程文馨的心臟在胸腔裡欣喜地舞動。老師沒有迴避她——這是一種進步，對吧？

程文馨想辦法在臉上堆出一個微笑。「怎麼了？」她指了指自己的臉頰。「剛剛妳臉上有東西啊。」

「……噢。」葉蓉萱遲疑地點了點頭。「謝謝。」

老師並不介意她這樣略顯親暱的動作。

程文馨強迫自己保持表情平靜，但她懷疑自己做得很不成功。最後，是她先轉開了視線，因為她可以感覺到臉頰的溫度開始上升了。她又從桶中拿出一支炸雞，看向螢幕。

她什麼也沒看進去。她太忙著用眼角餘光偷看葉蓉萱，而她發現，葉蓉萱的雙眼仍落在她身上。

影集還在繼續演出，但是程文馨總覺得，房裡的空氣有什麼地方不太一樣了。似乎變得更厚重、更溫暖了一點，她的胸口有點緊繃，呼吸變得有點困難。但是她並不討厭這種感覺。

程文馨爬起身，往房間角落的浴室走去。她關上門，把油膩的雙手洗淨，又用冷水洗了臉。然後她咬著嘴唇，盯著鏡中的自己。她的臉頰泛著紅暈，而她慶幸房間的光線昏暗，葉蓉萱看不見她笨拙的樣子。

冷靜啊，程文馨。她必須冷靜。

這是她第一次來老師家，她可不能做出什麼出格的事。

至於什麼算是出格的事，程文馨沒有去想，也不敢去想。

她深吸一口氣。然後她再度打開門，回到房間裡。

「肚子痛？」葉蓉萱在她坐下時問道。

「沒有啦。」程文馨回答。

她伸出手，抱住葉蓉萱的手臂，把頭靠在她的肩上。她感覺到葉蓉萱的身體一晃，手臂不自然地僵在身側。但是她沒有抽走或推開她。

「啊，老師。這樣感覺超幸福的。」程文馨嘆了一口氣，低聲說道。

「怎樣？」

「這樣啊。」她模糊地打了個手勢。「有電影、有炸雞，還可以這樣坐在一起。妳不覺得很幸福嗎？」

她聽見葉蓉萱的笑聲從頭頂上傳來。「好吧，幸福、幸福。」葉蓉萱的另一隻手抬起，輕輕拍了拍她的頭。「妳不要去跟別人炫耀妳的特權喔。我這裡絕對擠不下三十個人。」

「才不會咧。」程文馨保證。「我才不要跟別人分享。」

這可是她跟老師的小祕密。沒有人可以來跟她共享老師下班後的注意力。好吧，也許只有老師的男友可以。

這是她男友每個週末都會來過夜的小套房。想到這一點，程文馨心底的酸澀感又再度湧起。但是這次，其中混合了一點得意。

也許葉蓉萱在週末是屬於男友的，但是在平日，她都可以屬於她。

她不禁暗自微笑，一邊更貼近葉蓉萱的身體。

她們就這樣靠在一起，一連看了兩集。當葉蓉萱爬起身子，準備去把燈打開時，程文馨一點也不想讓她離開。

刺眼的燈光亮了起來，程文馨忍不住瞇起眼。

投影的燈關上了，房間又再度恢復成原本的樣子；剛才那顆包裹著她們的泡泡好像啵地一聲破掉了。程文馨突然覺得自己像是午夜時的灰姑娘；她又變回了先前的那個她，而葉蓉萱也變回了原本的老師。

程文馨看著葉蓉萱在床沿坐下，雙腿交叉，手掌撐著床墊邊緣，像個小女孩。

「好啦，妳是不是也該回家了？」葉蓉萱說。「太晚回去，妳爸媽不會唸嗎？」

提起她的爸媽，就讓程文馨翻了個白眼。「他們只是想要有人盯著我，不要給他們惹麻煩而已。他們才不在乎。」

她猜，今天補習班應該又打電話給媽媽了。但是沒關係，以後就不會了。

今天晚上回去之後，她就會叫媽媽把她的補習班退掉。她才不想去補什麼習，她就算靠自己，也可以唸出不錯的成績。她並不是真的那麼討厭補習。但是如果她爸媽是想要把她塞在補習班的教室裡，這樣他們就不用自己為女兒負責的話，那就不了，謝謝。

她完全可以把自己照顧好，不需要補習班老師當褓母。

而且真要說的話，她寧可讓葉蓉萱當她的褓母。

「文馨，不要這樣嘛。」葉蓉萱說。她頓了頓，像是在尋找正確的字彙。「我不知道妳家的狀況到底是怎麼樣，我只是不希望妳為了和他們賭氣，反而傷害到自己。妳懂嗎？」

「我知道。」程文馨咕噥道。

「妳只要記得，把自己分內的事做好就好了。」葉蓉萱對她說。「其他事，也不是妳可以擔心的。學會為自己負責，就是最重要的功課了。」

把自己分內的事做好。她就是個學生而已，除了乖乖上課、按時交作業、把書唸好之外，她還有什麼事要負責？

程文馨定定地看著老師，思索著她說的話。

「所以這代表，妳該乖乖回家了。」葉蓉萱說。她伸出手，摸了摸程文馨的頭髮。

「我等一下要先洗澡，還要跟我男友講電話。」

程文馨噘起嘴。「原來是因為要講電話才趕我走啊。」她的嘴唇一歪，露出一抹微笑。「我也見過他了啊。為什麼我不能在這裡？」

「因為我不想要在妳面前跟男友講話啦。」葉蓉萱笑了起來，臉頰微微泛紅。「這樣很尷尬的好嗎。」

是指哪一種尷尬呢？有那麼一瞬間，程文馨還想要繼續追問，但是她咬了咬舌頭，忍了下來。她今天已經得到超乎所求所想的了，她可不想得寸進尺、冒著在最後搞砸一切的風險。

「我不想回家。」她只是抱著膝蓋，坐在地上，把下巴抵在膝蓋骨上。「老師，讓我留在這裡過夜好不好？」

「當然不行！」葉蓉萱喊道，像是被嚇到似的瞪大眼睛。「這樣妳爸媽會發瘋吧。」

噢喔，這個提議果然是太超過了。但是沒關係，她可以假裝她只是在開玩笑。程文馨抿嘴。她可以再退一步。只有一點點的特權就好。

「好吧，那，老師……」她抬起頭，對葉蓉萱露出燦爛的微笑。「我想要一個晚安吻。」

「什麼？」

葉蓉萱的雙眼睜得又圓又大，好像懷疑自己是不是聽錯了。

「就一個就好。」程文馨指了指自己的額頭，故作無辜地眨眨眼。

葉蓉萱的眼睛微微瞇起，來回打量著她的臉。

程文馨感覺到自己的掌心冒出冷汗。她知道這個要求也有一點超過。但是，這就是她想要的多一點特權。

她們的視線在半空中交會，幾乎就像是某種挑戰。

明明才過了幾秒鐘，但是程文馨卻覺得一切都像是靜止了好幾個小時。她屏住呼吸，動也不動，怕自己任何微小的動作，都有可能打破老師現在正在進行的天人交戰。

而最後，首先撇開目光的人，依然是葉蓉萱。她抿起嘴，看著自己的腳尖。程文馨看著她搓了兩下手指。

然後她再度看向程文馨。

「好啊。」她的嘴角帶著淺淺的微笑。「就一個喔。」

她傾身向前，程文馨便閉上了眼睛。接著，她感覺到一個柔軟的東西，碰觸到她的額頭。

一股酥麻的感覺，以那個吻為中心點擴散開來，直到程文馨的胸口。她咬緊牙關，感受著自己的臉頰有點刺癢的感覺。

她從來沒有產生過這種感覺，好像渾身的血管都擴張開來，而她整個人彷彿都要從地面上浮起來似的。她的胸口有一股隱隱的疼痛，但是並不會讓她不舒服。

就和這段時間以來，所有的心跳加速、所有酸澀又甜美的感受，還有她晚上睡不著時的那些幻想一樣。

她喜歡這種感覺。

她喜歡這個吻。

她喜歡葉蓉萱。

「好啦，一個了。」葉蓉萱說。「這樣妳願意回家了嗎？」

程文馨笑了起來。

回家的路上，她就這樣帶著那一抹傻笑。一直到她搭電梯回到大廈的二十樓，感應了指紋、推開家門的那一刻。

她的爸媽正坐在巨大厚實的皮沙發上，媽媽的大腿上放著手機，爸爸則雙臂交抱在胸口，臉色鐵青。

笑容立刻從程文馨的臉上蒸發了。

「程文馨，妳今天晚上去哪裡了？」爸爸沉聲問道。

程文馨嚥了一口口水。

第八章　開關一旦打開，就再也關不上了

葉蓉萱最近感到很失調。

她向來不是以擅長與人劃清界線而聞名的。但是，她也不記得在她的人生中，什麼時候像現在這樣，擁有這麼大一片的灰色地帶。

她甚至不確定那還能不能算是灰色地帶了。真要說起來，她覺得這更像是一隻她飼養的生物，一隻不斷成長、擴張的灰色生物。她試著將牠飼養在一個獨立的區域——那只是她身為老師的一部分——與她人生的其他區塊分開。

但是現在，牠的觸角，似乎正逐漸伸進她生活的其他層面。

而葉蓉萱覺得，她已經漸漸無法將牠從人生裡剝除。

當她收到程文馨傳來的訊息時，鄭宇廷正坐在她對面，大口吃著一碗花生豆花。他們正在百貨公司的美食街，等著電影開場的時間。

「問妳喔。」程文馨的訊息寫道。「紅色或藍色？」

葉蓉萱忍不住微笑起來。這個小女孩又在搞什麼花樣了？

「紅色。」她回覆道。

幾秒鐘之後，程文馨便傳了一張照片來。她的身上穿著一件紅色的棒球外套，將她瘦長的身子包成蓬鬆的一團。她站在一間試衣間的鏡子前，揚著下巴，擺出饒舌歌手般的囂張姿勢。

「好看喔。」葉蓉萱回道，並配上一個豎起大拇指的貼圖。

「是朋友嗎？」

鄭宇廷的聲音，使葉蓉萱在座位上跳了一下。她抬起頭，看見男友正以好奇的目光注視著她。

「對啊。」葉蓉萱說。「我朋友在逛街，所以在問我的意見。」一絲細小的罪惡感戳刺著她的內心，但她很快又將它用另一個念頭覆蓋了。

程文馨確實算是她的朋友，沒錯吧？如果她們不是在學校認識，而是在網路上、或是某些興趣社團，那麼，她們也頂多就是年齡差了有點多的朋友。

她們沒有做什麼錯事。就只是像一般的朋友一樣，一起吃晚餐、有時候會一起看個劇——而她們也只是像女校的學生那樣，偶爾會勾個手、靠個肩膀、或是擁抱而已。

只是一直有一個小聲音在她的腦中，噬咬著她。

妳明明知道這不只是那樣。

通常，葉蓉萱都能輕易將這個念頭推開。程文馨很快就會升上高三，而她自己也不一定就會繼續留在這間學校、甚至不一定會在台北。她們的關係，是朋友也好、是師生也好，很快就會自然結束了。

但是當她在鄭宇廷面前時，她就得多費一點力量，才能將它拋諸腦後。

這幾週以來，程文馨傳訊息給她的頻率，已經使葉蓉萱開始產生習慣了——雖然也只有週末的時候；畢竟，她們在學校見面的時間更多。

葉蓉萱猶豫了一下，把手機螢幕鎖上，推到一旁。為了避免自己越來越像欲蓋彌彰，她決定先暫時不回程文馨的訊息了。

「電影還要多久才開始啊？」她問鄭宇廷。

她的男友看了一眼手機上的時間。「再過二十分鐘。」他說。「我把這個吃完就可以上去了。」

「好喔。」

葉蓉萱拿起擱在一旁的另一支湯匙，開始分食起鄭宇廷的豆花。

「這真的好甜喔。」她說。「這個吃下去會不會胖死啊？」

「誰敢說我女友胖。」鄭宇廷瞪大眼睛，然後狡黠地歪嘴一笑。「妳只要少吃一點學生做給妳的愛心點心就好啦。上次妳說那個咖哩餃的熱量有多少？我忘了。」

「三顆抵兩碗飯。但我本來就沒什麼在吃啊。」

葉蓉萱在桌子下踢了他一腳。男友嘿嘿笑了起來，把豆花碗推向她。

她知道鄭宇廷只是在開玩笑；鄭宇廷不是那種會含沙射影的人，但是無意間提起程文馨做的事，還是讓葉蓉萱的心底產生一股很不對勁的感覺，好像她生活中的兩條平行線，突然間就要相撞了。

不，不行。週末的時間，她就是要好好陪伴男友的。學生不能再占據她自己的休閒時間了——她已經把放學的時間，都留給她最在乎的那一個學生了。

她的手機又震動了起來，收到了新的訊息，但是葉蓉萱沒有拿起來看。

*

週末結束，將鄭宇廷送回新竹後，葉蓉萱又再度拾起了她的老師身分。最近，有了程文馨這個孩子的存在，她覺得身為女友和老師的兩個部分，是越分越開了。

但是另一方面，在程文馨身上，她卻覺得她越來越無法區分「學生」和「朋友」之間的差別，也越來越無法肯定，自己有沒有非得區分它們的必要。

「老師，老師。」

一隻手在她眼前揮了兩下，程文馨的聲音在耳邊響起，令葉蓉萱震驚地抬起頭。

程文馨正彎身湊向她的臉，一雙漂亮的眼睛直勾勾地看著她。

「放學了嗎？這麼快啊。」

葉蓉萱看了一眼手機上的時鐘，赫然發現早就超過放學時間半個多小時了。她覺得她才剛翻開教甄的參考書沒幾分鐘而已，怎麼會過得這麼快呢？

「蓉萱，妳在看什麼啊？」

「教甄啊。」葉蓉萱挺起腰，稍微伸了個懶腰。

程文馨在她身邊的學生椅上坐下。「什麼是教甄啊？」

「教師甄試。如果我考上了，我就可以當正式老師啦。」葉蓉萱說。

「那……妳這樣還會待在這裡嗎？」

「如果你們學校沒有開出名額的話，可能就不會了吧。」

葉蓉萱還想說些什麼，但她接著就看見了程文馨臉上氣餒的模樣。葉蓉萱在心底嘆了口氣。她真的不喜歡看到別人對她露出這種表情。

「那我們就見不到面了。」程文馨撇著嘴角說。

這是她們先前早就說過的話。但是不知為何，葉蓉萱現在覺得，這番話聽在耳裡，突然顯得十分不是滋味。一股不情願的感覺拉扯著她的心，使她感到煩躁不已。

不，她現在不想去想這件事。

「還早，還早。現在根本就不用擔心這件事啊。」葉蓉萱伸手拍了拍文馨的膝蓋。「最早也要明年六月才考，我也不確定我會不會去。」

如果這間學校還願意續聘她，她或許就可以留在這裡，繼續帶完程文馨她們的最後一年。

但是，這樣下去，她和鄭宇廷又得再分隔兩地一年。他們兩人該有什麼計畫？什麼時候該開始計劃？

想到明年的事，葉蓉萱便覺得無比頭痛。

她把心一橫，闔上參考書的封面。她把書本放進自己的背包裡，見狀，程文馨便像等著出門散步的小狗一般，迫不及待地站起身來。

「走吧，文馨。」葉蓉萱說。「我們先去吃飯。」

坐在辦公室另一端的一名老師，看見兩人準備往辦公室的門邊走去。「蓉萱，妳現在都會幫學生額外補習是嗎？」她對葉蓉萱笑著說道。「這麼認真啊？」

程文馨咧嘴笑了起來。

葉蓉萱只覺得自己的耳根發燙；她希望同事不要注意到她皮膚泛紅的樣子。「對啊。她程度算是全班最差，所以需要額外輔導。」她瞥了程文馨一眼。

「小朋友，聽到沒？」老師對程文馨點點頭。「妳要認真一點，不要辜負妳老師的用心啊。」

「絕對不會的，我發誓。」程文馨對那位老師大聲說道，只差沒有踢正步和行三指禮了。

葉蓉萱只想立刻就逃出辦公室。

走上學校中央的草坪時，程文馨便自然地伸手勾住葉蓉萱的手臂。這是她們這幾個星期以來，養成的新習慣。平常在校外，葉蓉萱一點也不介意這樣親近的行為，但是今天，或許是因為剛才同事說的那一番話，她突然對這件事感到異常敏感。

程文馨三天兩頭就跑來找她的行為，當然會引起其他老師的注意了。她怎麼會沒有想到呢？

那麼班上其他學生呢？她們有發現，程文馨找她找得太勤快了嗎？

「文馨，以後在學校裡，妳不要做這些動作。」她低聲對程文馨說。「我怕被別人看到不太好。」

「噢。」

程文馨的手從她手臂上滑落，使她的身側突然感到一陣涼意。程文馨沉默了一陣，葉蓉萱用眼角瞥了她一眼。

當程文馨再度開口時，她眼中閃著一抹惡作劇的光芒。「那意思就是，我在校外做什麼都可以囉？」

彷彿是為了應證她剛才所說的話，她們才一走出校門，程文馨便伸出手，再度勾住了葉蓉萱的手臂。

一股柔軟的觸感貼在她的手臂後方，使葉蓉萱的心臟突然重重跳了一下。她的腦中，立刻不受控制地浮現了程文馨瘦長的身形，還有她胸前隆起的模樣。程文馨的體型偏瘦，包覆在寬鬆的制服襯衫下，她也從來沒想過，原來她的胸部還是蠻有料的……

要命，葉蓉萱。她咬了咬牙，強迫自己把這個念頭打住。

她不知道這個畫面是從哪裡來的。她從來沒有注意過程文馨的身材，打從她有意識以來，也從來沒有碰過她自己以外，其他女孩的胸部。

或許是那股充滿彈性的觸感，實在太令她驚訝。她突然覺得，她沒有辦法忽視走在她身邊那個女孩的體溫。

她總是會在和鄭宇廷牽手的時候，故意把自己的整個身體貼上去，然後再好整以暇地欣賞他又害羞又好笑的神情。她一直不懂，這對男人來說有什麼好在意的。

現在，她總算可以體會到鄭宇廷的感覺了。

那是不該被人碰觸的地方，屬於一個女孩最私人的地方。但是她卻碰到了。

「老師，妳怎麼啦？」程文馨的聲音在她耳邊響起。「妳腳抽筋了嗎？」

葉蓉萱僵硬地回頭看了她一眼。「什麼？」

她實在看不出來，程文馨究竟是不是故意的。

接下來的一整路，只要程文馨挽著她的手臂，她就沒辦法無視女孩的胸口抵著她的事實。

天啊，她到底是怎麼了？她是不是最近太累了，累到腦筋都不清楚了？

她們一起去商業區巷弄中的麵店吃了便宜的乾麵——在程文馨依舊堅持要請客的情況下，葉蓉萱現在已經決定，都只要找一百元以下的店吃晚餐——然後再回家。

程文馨跟著她回到了公寓，兩人脫下外套，在矮桌邊席地而坐。

時間來到年底，台北的空氣又濕又冷。當葉蓉萱脫下厚重的羽絨外套時，她覺得外套外層都浮著一層水氣。

她回過頭，正想要去拿程文馨的外套起來掛上衣架，卻看見女孩正趴在地上，雙腿向後勾起。

「文馨，外套給我啦。」她好笑地指揮道。

文馨很喜歡她的那條地毯，從她第一次踏進這間公寓時，她就發現了。後來，程文馨每次都像小狗一樣，一進到房間，就會在她的地毯上趴下。

葉蓉萱很想告訴她，說鄭宇廷也喜歡這張地毯。但她沒有說。算是某種劃清界線的最後嘗試，她儘量不在他們兩人面前提到對方的名字，好像這樣一來，就能讓他們互不干擾。

程文馨翻過身站起來，咧著嘴，將外套遞給她。

葉蓉萱的視線，再度像是受到某種召喚般，轉向了程文馨的身體。

這個開關一旦打開了，好像就再也關不上了。她忍不住注意到，程文馨在移動時，她有點太寬鬆的褲頭，會更加顯現出腰部的線條。學生褲硬挺的布料，也絲毫不掩蓋她飽滿的臀部形狀。

要命。她以前為什麼就不會注意到呢？

「蓉萱？」程文馨的聲音將她硬是拉回了現實。「妳在看什麼啊？」

程文馨叫她蓉萱，她還是有一股不太適應的感覺，不過她現在已經慢慢習慣了。一開始，程文馨只是在訊息上這樣稱呼她。當她在放學後的辦公室裡這樣喊出聲時，葉蓉萱當下只覺得臉頰發燙。

幸好辦公室裡的老師沒有另作他想。葉蓉萱告訴自己，她們以前在女校裡，對老師也是直呼名諱的，沒道理程文馨這樣做就不行吧。

但是現在，在屬於她的小套房裡，程文馨的語氣似乎帶上一層額外的親密感。葉蓉萱轉開視線。

「我？沒有啊。」

葉蓉萱感覺到自己耳根發燙。以前自己明明也是讀女校的，她就從來沒有對別的女孩產生過這種困擾。

她現在到底有什麼毛病？

「老師覺得我這樣很好看嗎？」程文馨的嘴角勾起一絲上揚的弧度。她把散落在肩上的長髮往後撩去，然後眼神從葉蓉萱的面孔開始往下，刻意有點太過緩慢地掃視她的身體。葉蓉萱只覺得頭皮發麻，突然一陣手足無措。「我也覺得妳很好看喔。」

接著，程文馨邁開腳步，往她的方向踏出一步、兩步。

「啊……等一下！」

葉蓉萱來不及阻止自己，就脫口而出。她伸出雙手擋在自己面前，驚恐地瞪著眼睛。不知為何，她突然覺得四周的氣氛都變得不太一樣了。她的心跳聲在耳裡轟然作響，她的身體可以實際感受到心臟在跳動時的震盪。

程文馨歪了歪頭。「老師，妳怎麼了？幹嘛那麼緊張？我又沒有要對妳怎麼樣。」

她又微笑起來。「還是……妳期待我對妳怎麼樣？」

葉蓉萱的下巴掉了下來。這個小女孩，知不知道自己在說什麼啊？她想做什麼？難道她……

一個個令葉蓉萱無法直視的畫面從她腦中閃過，令她沒辦法正視眼前的程文馨。她屏住氣，向後退了一步，卻不知道自己具體究竟想做什麼。

然後程文馨爆出一陣大笑聲。

「老師妳幹嘛啦，好像我會把妳吃掉一樣。」她跌坐在床沿，笑得連腰都直不起來。「妳的表情好好笑喔，我應該要拍照給妳看的。」

葉蓉萱憋著的一口氣終於吐了出來。

「幼稚欸。」葉蓉萱瞪了她一眼，一掌打在她的肩膀上。「不要玩了。妳不怕作業寫不完？」

程文馨對她扮了個鬼臉，然後回到地毯上坐好。葉蓉萱在她身邊坐下，拿出她自己的參考書。一切好像都恢復了正常，剛才那股奇怪的氛圍也煙消雲散了。

但是葉蓉萱心底，卻有另一種感覺在輕戳著她。她沒有辦法指明那是什麼情緒，但是……她總覺得，好像少了一點什麼。

她搖搖頭，強迫自己把視線轉移到自己的書本上，而不是一直盯著文馨寫作業時的側臉。

第九章　她一直以來都搞錯了

程文馨的人生，從來沒有這麼自由過。

是的，她的零用錢被爸媽扣了超過一半以上，作為她一直蹺掉補習班的懲罰，但是她覺得不虧。減少她的零用錢來換取她的自由，是很划算的交易。而且現在爸媽已經把她的補習班退掉了，她的時間都是屬於她一個人的。

雖然她只剩下一個星期一千元的餐費，平常使用的副卡也被爸爸沒收了，讓她就算想要請葉蓉萱吃晚餐都沒辦法，但是她一點也不介意。

她平日的每一天，都可以和葉蓉萱待在一起。不論是下班下課後去咖啡廳吃晚餐、看書寫作業，或是到葉蓉萱的小套房裡窩著，都讓她感到內心無比雀躍。

去葉蓉萱家唸書，對她來說，甚至比在補習班的效率還高。她總是可以快速把作業寫完、把隔天的考試準備好，然後把剩下的時間，都花在觀察葉蓉萱的一舉一動上。

她不知道那是不是自己的錯覺，但是程文馨發現，葉蓉萱在她面前，似乎越來越做自己了。

剛開始時，葉蓉萱還會有些矜持，總要把程文馨趕回家後才去洗澡。但是某一天，葉蓉萱似乎是感到特別疲憊，在她們一抵達公寓之後，她就帶著歉意對程文馨說：「不好意思喔，我今天想要先洗澡，可以嗎？」

「這裡是妳家欸，當然可以啊。」程文馨當下只是平淡地這麼回答。

在那天以後，她就時常可以看見葉蓉萱洗完澡的樣子了。

而雖然她努力不讓自己往錯誤的方向聯想，但是她實在無法不去注意，葉蓉萱從浴室中穿著睡衣和短褲走出來的樣子。

她不知道老師是故意的，還是太掉以輕心，但當第一次她看見葉蓉萱伴隨著浴室裡的蒸氣一起回到房裡時，她就震驚地發現，老師並沒有穿內衣。

葉蓉萱的身體在寬鬆的居家服下若隱若現，胸口明顯的形狀，令程文馨反射性地撇開目光。

天啊，如果讓老師知道她腦子裡都在想些什麼，老師會不會覺得她是變態？

程文馨平常也沒有少看色情片。她國中還沒有畢業前，就已經會在手機上偷看成人網站了。第一次看見性交場面時，她驚嚇地立刻把螢幕給關上。在那之後，她每次因為好奇心、或是其他別的原因而點開成人影片時，她都會在前戲結束、性交真正開始之前就關掉。

這個習慣一直持續到很久之後，而程文馨總是認為，她不喜歡看到性交畫面的原因，是因為前戲讓她比較興奮。

直到她開始喜歡上葉蓉萱之後，她才第一次去找了兩個女孩為主角的成人片。然後程文馨才知道，她一直以來都搞錯了。

她以前無法接受性交畫面的原因，是因為她生理上無法接受男性的裸體、還有男性的性器。她只喜歡看女性被愛撫時舒服的表情、喜歡聽女性喘息和低吟的聲音。

當她第一次看見兩個女孩接吻、互相撫摸的畫面時，她只覺得臉頰和身體都發燙起來。她窩在棉被裡，目光彷彿受到磁鐵吸引，無法從演員柔軟的身體曲線上轉開。

同時，她也感覺到自己的身體，產生了令她難以描述的反應。

那天晚上，她第一次做了春夢。夢裡，她和一個女孩在接吻，她們裸露的肌膚相貼，而程文馨只覺得血液直往下半身湧去，下腹傳來緊繃的感覺。就算在夢中，那股生理上的感受也真實得令她驚訝。在睡夢中，當她睜開眼睛時，她才發現，與她接吻的女人是葉蓉萱。

醒來後，程文馨發現自己正把棉被緊緊夾在雙腿之間，而她再也無法用過去的眼光看待葉蓉萱。

看到老師的嘴脣牽動時，她會好奇，那雙脣是不是和夢中一樣柔軟。看著老師偶然露出的鎖骨肌膚，她會不自覺地向下看去，想要看見藏在領口下方光滑的皮膚。

平常在學校裡，被眾多同學和課程分心之下，她還可以阻止自己的思緒往奇怪的方向前進。

但是和葉蓉萱在小套房中獨處，聞著她身上剛洗完澡的香氣，看見她寬鬆的T恤下方偶然顯現出的身體曲線，程文馨只覺得吞嚥都有些困難。

於是，她只能更努力地把自己的視線定在書本上，以免她打量的目光被葉蓉萱發現。

她覺得她已經做得很好了。

這一天，一切如常。她們兩人回到家後，葉蓉萱脫下厚重的外套，然後就轉身對她說：「那我就先去洗澡啦。妳就自己做事吧。」

「好啊。」程文馨在床邊她習慣的位置上坐下。

葉蓉萱從抽屜中撈出她的短褲、T恤和內褲，然後就走進了浴室裡。

程文馨聽著布料摩擦的聲音，一會之後，又傳來蓮蓬頭打開的水流聲。程文馨的想像力脫離了她的掌握，而在那一瞬間，葉蓉萱站在水下，仰著頭，讓水流過她的面孔和身體的畫面，就這樣出現在她腦中。她想像著葉蓉萱的手將沐浴乳抹在自己的脖子、胸口、和雙腿之間。

然後她突然回過神來。

救命，她到底在想什麼？

程文馨用手摀住臉，向後把頭靠在床墊上。

最近，這些幻想總是時不時地竄進她的腦中，就像電腦中毒一樣，甚至已經有點干擾她的生活了。

只是……她也不能說她討厭這種感覺。頂多就是等她晚上回家後，躲在被子裡，再自己解決一下。

她嘆了一口氣，拿出書包裡的作業簿。今天的作業有一篇國文作文，而她還沒有想好要寫什麼。

她一手轉著鋼珠筆，一邊試圖構思她的作文內容，但是浴室裡傳來的嘩嘩流水聲，卻把她所有的思緒都打碎了。當葉蓉萱頂著一頭濕髮走出浴室時，程文馨依然一個字也沒寫出來。

「在寫什麼？」葉蓉萱問。

她用毛巾把頭髮包了起來，走到程文馨身邊，彎下身看著她的作文題目和引文。

但程文馨的視線，立刻就被她如此靠近的身軀所吸引。

從寬鬆的領口處，程文馨可以看見葉蓉萱胸口隆起的曲線，以及沒有內衣遮掩後，突起的尖端……

她立刻收回視線，看向桌面上的作業簿。

「明天要交的作文。」程文馨咕噥道。

很好，現在她的腦子是一片空白。她光是奮力克制自己不要去偷看葉蓉萱的身體，就已經令她感到氣力耗盡了。

她現在只能在心中祈禱老師快點退開。幸好葉蓉萱很快地直起身子，將那個威脅著要摧毀她理智的畫面從眼前挪開。程文馨緊握著筆，一再重讀桌面上的作文題目。

社交距離。社交距離。社交距離。

要死，偏偏就這麼剛好。她現在最需要的就是社交距離。

「文馨，妳想要喝飲料嗎？」

她轉過頭，看見葉蓉萱正站在一旁櫃子下的小冰箱前。她手上已經拿出一罐花色鮮豔的啤酒，正半側著身子，對程文馨挑起眉。

「妳要喝啤酒？」程文馨咧開嘴。「那我也要啤酒。」

「妳做夢吧。」葉蓉萱翻了她一個白眼。「未成年跟人家喝什麼啤酒。」

程文馨噘起嘴。「又沒有人會知道。」

「但是我知道啊。」葉蓉萱說。「我才不要幫助未成年犯罪。」

「明明大家都有在喝酒。」程文馨指出。「班上一堆人一定都喝過了，下次妳可以上課問問看啊。」

「那是在她們家，我管不到。」葉蓉萱說。「但是妳現在在我家，我就要管。」

程文馨咧嘴笑了起來。她最喜歡看葉蓉萱這樣，偶然展現出成年人的一面。好像她在這些時候，才突然意識到自己身為老師的身分似的。

葉蓉萱從冰箱中再拿出一瓶麥香紅茶，放到程文馨的手邊。程文馨把紅茶拿了起來，在手中把玩著。

「今天怎麼突然要喝啤酒啊？」她問。「妳今天不唸書嗎？」

「唸太多天了，頭有點痛了。」葉蓉萱在床邊坐下，啪地一聲打開易開罐的瓶口。「準備考試真的太累啦。」

「我們也是天天在準備考試啊。」程文馨挑起眉。「但我們就不能說不讀就不讀啦。」

葉蓉萱臉上露出一抹心虛的笑容，然後仰起頭，喝了一口啤酒。「等妳大學畢業，不想考試的話，就可以不用考了。」她說。「但妳現在還是高中生，妳就只能乖乖把書讀好。」

程文馨側過身子，一邊把吸管插進鋁箔包的飲料裡。她猶豫了一下，然後爬起身，坐上葉蓉萱的床尾。

「蓉萱，妳一開始為什麼會想要當老師啊？」

葉蓉萱向後靠在床頭板上，縮起膝蓋，為程文馨留出空位。她又啜了一口啤酒，輕輕搖擺著酒瓶，頭向後倚著牆面。

「我喔。可能因為覺得學生很可愛？」她自顧自地笑了起來。「小時候很崇拜站在台上的老師，就一直希望以後自己也可以當老師。」她頓了頓，然後說：「而且我運氣很好。第一屆就能帶到你們，讓我覺得很感激。」

「感激什麼？」程文馨打量著她，露出調侃的笑容。「只是一群被大人寵壞的有錢人家小孩而已。」

「妳這樣不是把自己也罵進去了嗎？」葉蓉萱的視線落在她身上，然後挺起身子，開玩笑地打了她的手臂。「不許妳侮辱我的學生。」

「我哪有。」程文馨抓住她的手腕，露齒一笑。「我只是陳述事實而已。」

「太失禮了吧。」葉蓉萱瞪了她一眼，從她的手中掙脫出來。

她又喝了大大的兩口啤酒，發出一聲滿足的嘆息，閉上眼睛。她低聲哼起歌，但是程文馨不知道她在唱的是什麼。

程文馨默默地咬著吸管，喝著甜甜的紅茶。

坐在葉蓉萱的床上，棉被上屬於她的味道，便不斷竄進程文馨的鼻腔裡。她幾乎要覺得頭暈了。她又瞥了葉蓉萱一眼，卻發現，蓉萱正半闔著眼，靜靜地看著她，不知道在想些什麼。

葉蓉萱的臉頰因為酒精而泛紅，眼神慵懶放鬆。程文馨看了一眼啤酒瓶上寫的酒精度數。上面寫著六點五趴，她不確定這樣算是高還是低，但是她看得出來，葉蓉萱現在正處於微醺的狀態。

程文馨突然覺得口腔一陣乾澀，心跳怦怦加速。

她一口氣喝光手中的紅茶，從床上站起身。

「我去上廁所。」她說。

葉蓉萱只是安靜地點了點頭。

當程文馨再度回到房間裡時，葉蓉萱已經從床頭板上抬起身子，正盤著腿坐在床墊上。她正舉著酒瓶，看起來像是要把瓶底的最後一點也喝完。

程文馨的心跳速度並沒有減緩，但是她希望自己的表情看起來正常一點。

她來到床邊，歪著嘴一笑。「妳喝完了？也太快了吧。」

「好喝啊。」葉蓉萱就連說話的聲音也變得有點含糊了。她舉著手中的空酒瓶，搖晃了一下。「超爽的。好久沒有這樣喝啤酒了。」

「妳跟妳男友不會喝酒嗎？」程文馨小心翼翼地問。她在她身邊坐下，看著蓉萱通紅的臉。

蓉萱越過她，把空瓶放在床邊的地上，一邊搖了搖頭。「鄭宇廷不喝酒，所以我也跟著不喝了。」

葉蓉萱的上半身從程文馨的大腿上方跨過，T恤的下擺掃過程文馨的褲子。然後葉蓉萱退回原位，往床上一倒。

程文馨嚥了一口口水。

「啊。」葉蓉萱發出一聲舒適的嘆息。「我今天不要唸書，我要耍廢一整個晚上。」她抬起眼，看著程文馨。她翻過身，用手推了推程文馨的腿。「但是妳不行喔。妳得寫作業，記得嗎？」

「不要。」程文馨咧嘴笑了起來。「我也要耍廢。」

「不行，妳不是要寫那個什麼作文……」

程文馨抓住葉蓉萱推她的那隻手，將它壓在床上。然後她的視線從葉蓉萱的臉上，緩緩看向她弓起的身體，還有她裸露在短褲外白淨的長腿。

「老師，問妳喔。」程文馨低聲說。「妳會怕癢嗎？」

「什麼？」葉蓉萱瞪大眼睛。

下一秒，程文馨的手就探了過去。

她不太確定自己為什麼要做這種事——搔癢這件事甚至稱不上好玩。或許她只是想要多一點藉口，可以合理地碰觸葉蓉萱的身子。

「等一下，不要喔。不要——」葉蓉萱警告道

但是接著，她就在程文馨的手下無法克制地扭動了起來，一邊發出歇斯底里的笑聲。程文馨的手指在她的肋骨和腋下游走，葉蓉萱拚命縮起身子，想要躲避她的攻擊。

「等一下——等一下，程文馨，妳不要喔！」她上氣不接下氣地喊道，試圖抓住程文馨的手腕。

程文馨大笑著，一個翻身，跨到葉蓉萱的身上。她抓住葉蓉萱的手腕，將她的雙手壓制在床舖上。

「我就偏要。」程文馨說。

葉蓉萱仰著頭，眼神來回打量著她的臉。程文馨可以感覺到她的呼吸急促而短淺，胸口快速起伏。葉蓉萱的嘴唇微啟，粗重的喘息還沒有平息下來。

她柔軟的胸部形狀，在這樣的姿勢下無所遁形。

啊啊，不太妙。

程文馨屏住呼吸。她俯下身，湊向葉蓉萱的臉。

老師滿臉通紅的模樣，真是太可愛了。她不僅進了老師家，看見老師沒有穿內衣的模樣，現在居然還爬上了她的床、跨坐在她的身上。

這學期剛開學時，她有想過事情會變成這樣嗎?沒有。當然沒有了。

她看見葉蓉萱的喉頭動了動，嚥下一口口水。

然後程文馨不知道自己是哪一根筋不對了。她俯下身，輕輕地吻上葉蓉萱的嘴唇。

「唔！」葉蓉萱震驚地哼了一聲。

程文馨閉著眼，等待身體下方的那個人掙扎著推開她。但是過了幾秒鐘，她只感覺到葉蓉萱沉重的呼吸聲，還有緊繃的身體。

但是她沒有推開她。

程文馨微微抬起頭，向後退開。葉蓉萱沒有動彈，只是定定地盯著她。程文馨沒有辦法從她的眼神中看出什麼。

「可以嗎？」程文馨低聲問道。

葉蓉萱的呼吸短促而混亂，沒有回答。

於是程文馨就當作她默許了。

她再度低下頭，含住葉蓉萱的嘴唇。

第十章　如果妳要我停，我現在就停

葉蓉萱覺得自己一定是喝得太醉了。否則，程文馨現在怎麼會在吻她呢？

當程文馨的嘴唇第一次碰到她的時候，葉蓉萱震驚得甚至忘記自己該做出反應。

現在是什麼狀況？

「唔！」她瞪大雙眼，看著程文馨顫動的睫毛。

這個吻並沒有持續太久，程文馨的嘴唇也只是輕輕貼著她的嘴。溫暖的鼻息打在葉蓉萱的口鼻處。當程文馨向後退開時，葉蓉萱甚至不記得自己有沒有在呼吸。

「可以嗎？」她聽見程文馨這樣問道。

什麼可不可以？

葉蓉萱只覺得有點頭暈目眩，此刻，她只是想要被某個人的體溫包圍，讓她可以舒服地閉上眼睛。這是她喝醉時的壞習慣，想要找人抱、想要靠著另一個人的肩膀——但她不是故意的。她沒有想到只是酒精含量百分之六點五的台啤特釀，也能讓她頭暈成這樣。

但是彷彿才過了一秒鐘，程文馨就又再度吻了上來。

而且這次，她不只是蜻蜓點水的吻而已。

程文馨含住她的下脣，輕輕吸吮。她的手鬆開了葉蓉萱的手腕，然後一隻手緩緩搭上她的臉頰。

這跟和鄭宇廷接吻時的感覺好不一樣。她和鄭宇廷都不是彼此的第一任了，因此他們在這方面可說是駕輕就熟。他們很清楚怎樣的動作，能夠撩起對方的慾望，在一起這樣幾年之後，他們早就過了互相探索的階段。

而女孩的動作有點生疏，但卻十分小心，好像深怕自己會做錯什麼事。她的舌尖試探性地碰觸著葉蓉萱的下脣，濕潤而柔軟的感覺，幾乎使葉蓉萱起了雞皮疙瘩。

她已經好久沒有碰到鄭宇廷以外的人了。這股不熟悉的氣味、陌生的動作，為她此刻迷茫的大腦，帶來了全新的刺激。

「唔……」她喘了一口氣。但是那個哼聲，卻比她預期的更令她感到害羞。

她感覺自己的臉頰發燙，皮膚就像是被火灼燒。

女孩的長髮掃過葉蓉萱的肌膚，令她發癢。程文馨的觸碰確實很陌生，但卻牽動了葉蓉萱腦子深處的某一條神經。

眼前的畫面和感覺似曾相識。好久好久以前，葉蓉萱也曾經和某個女孩這樣擁抱過彼此。這段記憶已經變得模糊，卻帶來一股讓她背脊一陣酥麻的感受。

那種像是通電一般敏感而刺激的感覺、女孩身體柔軟的觸感，和跟鄭宇廷、或者其他男孩肌膚相親時的感覺完全不同。

葉蓉萱還記得那是她的高中畢業旅行，其他同學相偕去景點的夜市逛街，只有她和另一個女孩提早回去飯店的房間。她們一直都是要好的朋友，是那種牽著手走在走廊上也感覺無比自然的閨蜜。

她不記得是誰先挑起的，但是在其他同房的女孩回來之前，她和那個女孩試探性地探索過對方的身體。

——妳沒關係嗎？

——為什麼有關係，又不會懷孕。

她還記得她們兩個低聲地、像是在共謀著什麼壞計畫一樣，對彼此耳語，伴隨著低沉的笑聲。

但是後來，她們為什麼停手了？

葉蓉萱不記得了。她只知道她們後來再也回不去那樣無話不談的朋友關係，她沒有辦法再面對她的朋友，不管對方怎麼嘗試都一樣。高中畢業後，她們就再也沒有聯絡。

她知道她傷害了那個女孩。

但是為什麼呢？

或許是因為她們當時都太年輕了，不知道要怎麼在有了親密接觸之後，繼續用同樣的眼光看待對方吧。

不過，葉蓉萱確實記得，女孩的身體深深吸引過她，讓她感到好奇不已。那些和自己一樣、又略有不同的部分，一切都是那麼特別、那麼充滿魅力。

葉蓉萱忍不住再度低哼出聲。

彷彿是受到她的聲音鼓勵，程文馨的動作大膽了起來。在葉蓉萱試著呼吸的空檔，程文馨的嘴巴動了一下，接著，她的舌頭就鑽進了她的嘴裡。

在她們的舌頭交纏的那個瞬間，葉蓉萱突然覺得一股熱流沿著她的腹部往下，直往她的雙腿間竄去。

「啊！」她忍不住低喊了一聲，伸手抓住文馨的肩膀。她的喊聲卻被程文馨的嘴唇給悶住了。

她的動作讓程文馨頓了頓。程文馨的嘴從她的嘴唇上退開，女孩深色的雙眼半闔，直直盯著她。「老師。」程文馨微微皺著眉，嚥了一口口水。「如果妳要我停，我現在就停。」

葉蓉萱昏沉的腦子緩慢地運作著。她覺得她的身體跟大腦，現在好像在兩個不同的時空。她的大腦正以無比遙遠的角度看著她們兩人，而她的身體，則處於此時此刻——而它有著自己想要的的東西。

她的視線有點模糊，遲鈍地從程文馨的雙眼，轉向她近在咫尺的嘴唇。

程文馨發出一聲粗重的喘息。然後她再度低下頭，這次，她的嘴唇落在葉蓉萱的嘴角，就在她酒窩的位置上。

同時，一隻手輕輕搭上她的腰側。葉蓉萱的身體一顫。

和鄭宇廷的大手不同，這隻手細而輕巧。她緩緩撫過葉蓉萱的腰際，來到她的腹部，然後逐漸上移，直到來到她的胸部下緣。

程文馨的嘴唇沿著她光滑的下顎線條移動，逐漸來到她脖子敏感的肌膚上。

葉蓉萱感覺自己的脊椎一陣酥麻。她無法克制地弓起身體，但她不確定自己究竟是想要逃離她的碰觸，還是更貼近她的碰觸。

程文馨的手沿著她的乳房弧度游走，帶來一股搔癢感。隔著T恤似乎會放大她所有的感官，使程文馨手指的動作變得格外刺激。

當葉蓉萱感覺到她的手指碰到她的乳尖時，她便驚叫一聲，用力抓住程文馨的襯衫。

「喜歡嗎？」程文馨的聲音很低，嘴唇依然微微貼著她的脖子。

但她當然沒有等到葉蓉萱回答。她只是將手掌覆蓋在她的胸上，用兩隻手指挾住她的乳頭。

「啊、嗯……」一股電流般的感覺在葉蓉萱的血管中流竄。胸前的刺激，使她的身體不受控制地扭動起來。

她的反應顯然讓程文馨得到了更大的鼓勵。她聽見程文馨低低地笑了起來，接著，一個濕潤的觸感便覆上了她另一邊的乳房。

葉蓉萱的身體從床墊上彈起。她低下頭，看見程文馨精緻的小嘴，正隔著衣服的布料，輕輕吸吮著她。

雙重的刺激使葉蓉萱的大腦一片空白。她甚至沒有辦法壓抑自己的呻吟聲——聽著她自己的聲音，反而令她感到格外羞恥。

天啊，天啊……葉蓉萱太熟悉這種身體燥熱的感覺了。她不自覺地地夾緊雙腿，髖部緩緩搖動。

「老師，妳好香喔。」程文馨輕聲說，一邊緩緩從她身上退開。

接著，葉蓉萱的身體便突然暴露在房間冰涼的空氣中，和她飆升的體溫形成了強烈對比。

她反射性地抬起手，想要遮住自己裸露的胸部。「不行……」

「為什麼不行？」程文馨說。她微微一笑。「妳很美啊。」

就這樣一句話，葉蓉萱覺得大腦裡的某一根螺絲又鬆開了。

程文馨的手再度撫了上來，這次是直接接觸到她早已過度敏感的肌膚。「啊！」葉蓉萱的頭向後仰去，雙手搭上程文馨的肩膀。

這種感覺實在太奇怪了。或許是因為酒精的關係，又或許是因為這和平時男友所帶來的感受大相徑庭，葉蓉萱覺得自己身上的每個毛細孔都擴張開來，她的感官因而變得更加敏銳。

但是，與此同時，女孩的體溫又令她感到舒適不已，使她想要深深陷入那抹溫度之中。如果可以，她真想一直躺在其中，不要醒來……

程文馨的一隻手滑過她的腹部，輕巧地往她的短褲褲頭探去。

葉蓉萱伸出手，驚慌地抓住她的手腕。

程文馨彎下身，輕輕親吻她的手指。葉蓉萱的身體顫抖了起來。

然後程文馨的嘴脣再度回到她的脣上。不管葉蓉萱想要說什麼、做什麼，都被程文馨生澀卻熱烈的吻給熄滅了。

她的手彷彿失去抵抗能力，讓開了路。程文馨的手指滑進她的褲頭裡。

但是，就在她的手從毛髮之間爬過，即將碰觸到她身上最私密的地方時，她卻停了下來。

程文馨的嘴唇輕搔著葉蓉萱的臉頰。

「老師，我不會。」她低聲說。「妳要教我。」

葉蓉萱從來沒想過，「老師」這個稱呼，會讓她感到如此羞恥。

葉蓉萱閉上眼睛，嚥下一口口水。

她的身體，每一個毛細孔彷彿都在因期待而尖叫。此刻，她的大腦和理智，彷彿都遠遠地離開了她，消失在宇宙的另一端。

強烈的慾望一波波襲來，使葉蓉萱再也無法抵抗。

她伸出手，帶著程文馨的手指，來到她雙腿之間最柔軟的部位。

儘管是由她自己的手作為領導，當程文馨的手指碰觸到她的時候，葉蓉萱仍然「啊」地低喊出聲。

程文馨低下頭，吻住她的嘴唇，吞沒她的那些呻吟。在葉蓉萱的引導下，程文馨的手指有點笨拙地，輕輕搓揉起她敏感的突起。

「唔……」

葉蓉萱的下身緩緩擺動，配合著她手指的動作。

這感覺和她自慰時有一點像，但是卻又那麼地不一樣。她只是閉上眼睛，讓迷茫的大腦更加沉浸在炙熱的溫度與碰觸之下。

程文馨的吻溫柔而細碎，落在她的嘴唇和臉頰。葉蓉萱試著圈住她的肩膀，但是程文馨的身體卻在此時退開了。隨後，她的唇便再度來到了葉蓉萱胸前。

突然炸開的感官刺激令她驚呼一聲，弓起身體。

她領著程文馨的手，加快移動的速度。快感逐漸從她們肌膚接觸的地方擴張開來，直到就要將葉蓉萱的全身包覆。

「文馨、文馨……」她喘著氣，一手抓著程文馨的襯衫。「不行了，我快要……快要……」

程文馨的舌尖繞著她的乳尖打轉，使她的大腦變得一片空白。

然後一波快感如同浪潮一般，將她推下了邊緣。她只聽見一聲喊叫聲，然後她的身體便無法自制地從床墊上彈起。

程文馨的手依然輕柔地撫弄著她，但她的嘴離開了葉蓉萱的身體，吻上了她的嘴唇。

在高潮的感覺褪去之前，程文馨都沒有放開她。

直到葉蓉萱的身體完全平靜下來，程文馨才輕輕把手從她的褲子裡抽出來。葉蓉萱的眼睛有一點睜不太開了，高潮過後的疲憊感突然襲來，使她只想向後陷進枕頭裡。血液裡的酒精，令她的眼皮變得沉重不已。

「至少把衣服拉好吧？」程文馨的聲音，好像從很遙遠的地方傳了過來。

程文馨含糊地哼了一聲。

接著，她感覺到有人替她拉下了捲起的T恤，並將身下的棉被蓋到她身上。

房間的燈被人關上，而在黑暗中，葉蓉萱不再抵抗睡意的拉扯。

*

酒意完全退去時，葉蓉萱從睡夢中驚醒。

她的眼皮感到乾澀不已，膀胱也不斷對她表達抗議。她一邊揉著眼，一邊想要下床去上廁所。

她的腿還沒跨到地面上，她就覺得自己好像踢到了某樣東西。她瞇起眼，在昏暗的房間裡，看著自己床上的另一個女孩。

程文馨的一頭長髮散落在她的床墊上，一手枕在臉頰側面，正平穩而緩慢地呼吸。

葉蓉萱的心臟猛地一跳，突然感到背脊發涼。她小心翼翼地越過程文馨的身子，爬下床，跌跌撞撞地衝進她的小浴室裡。

她坐在馬桶上，脫下內褲。白色的襯棉上，有著一片已經乾涸的分泌物痕跡。

要命。

睡著前所發生的事，就像一部尷尬得令人無法直視的電影，在她腦中重播起來，而她卻轉不開目光。

還有那個現在睡在她床上的女孩。

她咬緊牙關，扶住自己的額角。她可以感覺到她的太陽穴正在突突跳動著。

她究竟做了什麼好事？她為什麼會沒有忍住？

最重要的是，她為什麼會在程文馨身邊喝酒呢？她是她們倆人之間的大人，她必須要為自己的行為負責。她明明知道她已經很久沒有喝酒了，酒量早已不像幾年前那麼好。

那麼，她為什麼會挑在今天晚上？

葉蓉萱不想去探究這個問題的答案，因為她很清楚，她自己是不會喜歡的。她要怎麼對自己承認，其實某部分的她，默默地想要這麼做很久了？她要怎麼承認，在不知道多久之前，程文馨對她的依賴，已經讓她產生了完全不同的感受？

程文馨對她的關注和喜歡，帶給她意料之外的滿足。她說不出這到底是哪一種感情，但她知道她很喜歡。

是對鄭宇廷的關係的懷疑和遲疑，讓她開始想要找其他的管道轉移注意力吧。她把太多心思放在程文馨身上了，以至於當她回過神來時，她的心意已經長成某種扭曲、畸形的東西。

她沒有任何藉口。

這一切都是她的錯。

第十一章　花錢買朋友這件事

程文馨覺得自己做了一場好美的夢。葉蓉萱就睡在她的臂彎裡，她的臉頰枕在葉蓉萱的頭頂，老師柔軟的身軀靠著她的胸口，因為呼吸而緩緩起伏。

葉蓉萱身上那股屬於她的甜香，依然在她的鼻腔中縈繞不去。

她只想要在這個夢裡多待一會。就算上學因此遲到也沒關係。

「——馨，文馨。」

就讓她再睡一下吧。床墊好軟、枕頭也好舒服。她一點都不想醒來。

然後有一隻手抓住她的肩膀，用力搖了一下。

「妳再睡，我們兩個都會一起遲到啦。」葉蓉萱的聲音在她耳邊響起。

「啊？」

程文馨翻過身，混沌的意識突然轉醒，就像從水面下浮起來那樣。她睜開眼，模糊的視線中出現葉蓉萱有點惱怒的面孔。

這裡是哪裡？程文馨眨了眨眼。她一定還在做夢吧，否則，為什麼葉蓉萱會出現在她的床邊？

「快點起來了。」葉蓉萱說。看見程文馨還有點茫然地看著她，葉蓉萱挫折地嘆了一口氣。「我幫妳拿了一支牙刷。快去上廁所啦。」

程文馨一邊應聲，一邊從床上坐起身，大腦還有點放空。她走進浴室裡，關上門，而身體活動所帶來的血液循環，使她的腦袋終於運作起來。

隨後，一股欣喜之感從她的心底油然升起，幾乎要使她笑出聲來。

對，她想起來了。她在老師家過夜了。所以剛才那並不是夢：睡夢中，葉蓉萱真的在她的臂彎裡。不僅如此——她回想著昨晚睡著前，她所見到的葉蓉萱。她從來沒有看過她那種模樣，無比害羞，卻又美麗到令她屏息。回想起老師在床上的模樣，令程文馨的臉頰又開始發燙。

她的指尖還記得葉蓉萱身體的觸感。葉蓉萱柔軟的肌膚，平時隱藏在服裝之下，令她血脈賁張的曲線……

但是不行，她不能再想了。再想下去，她是真的要遲到了。但老實說，就算遲到也沒關係。如果真要問她，她更想要一整天哪都不去，就在這間小公寓裡、和葉蓉萱待在一起。

她拆開葉蓉萱為她準備的牙刷，站在鏡子前，然後她意識到，就算是在刷牙的時候，她也無法掩蓋自己滿臉的笑意。

啊，她真的好喜歡葉蓉萱。從來沒有像這一刻這麼喜歡。

當她回到房間時，她發現葉蓉萱已經穿戴整齊，正在化妝。程文馨從書包上拿起昨天脫下的制服襯衫。

「老師有睡好嗎？」她問。

葉蓉萱拿著眼影刷的手停在半空中。「有啊。」她輕聲回應道。

「高潮完都會比較好睡，對吧？」程文馨看著葉蓉萱在鏡子裡的影像，露齒一笑。

葉蓉萱的雙眼倏地睜大。她的手一抖，刷子掉到腳邊的地上。

「妳說什麼啦。」葉蓉萱轉過頭來，對著她低喊。

在程文馨眼前，葉蓉萱的臉頰緩緩漲紅起來。程文馨竊笑著，在床尾坐下，來回打量葉蓉萱的臉。這比任何顏色的腮紅都還要更自然、更好看。

她指了指老師掉在地上的腮紅刷。「妳再不趕快化完妝，我們兩個人都會一起遲到唷。」

葉蓉萱瞪了她一眼，撿起自己的工具，再度傾身靠向鏡子。

和老師一起起床、一起準備出門，再一起去學校。這簡直是程文馨心中最夢幻的行程了。

她不只一次在小說或電影裡看見那句老掉牙的「想要和最好的朋友一起醒來」，但是現在她覺得，這句話之所以會成為一句老生常談，其實也是有原因的。

「好了，我們走吧。」

葉蓉萱的腳尖碰了碰她的腳踝，程文馨便從床上跳了起來。她們走出公寓一樓的大門時，儘管冷風立刻就迎面撲來，但程文馨竟然一點也不覺得冷。

葉蓉萱借了她一條厚重的圍巾。程文馨把自己的口鼻部分都埋在柔軟的毛料裡，一邊貪婪地嗅聞著圍巾上的氣味。她希望老師沒有看見這個小動作。

「老師，這條圍巾給我好不好？」上捷運時，程文馨這麼說道。

葉蓉萱避開她的眼神。「隨便妳啦。」

雖然她聽起來很不耐煩，但是程文馨覺得，葉蓉萱只是感到害羞而已。一路上，不論程文馨拿什麼話題試圖和她聊天，葉蓉萱都拒絕正眼看她。但她也沒有拒絕回答。

今天的天氣很冷，但是十分晴朗。程文馨的心情很好。

她的好心情一直持續到中午午休的時間，她收到葉蓉萱訊息的那一刻。

在她進校門之前，她就看見她的手機上有好幾通未接來電，以及她爸媽傳來的訊息。但那些都不足以影響她的情緒。當她早上醒來，意識到自己整晚沒有回家時，她就知道，自己回家之後有得受了。但她爸媽對她的怒吼和指責，在她心中早就已經失去應有的分量了。他們從來不了解她，或許也沒有試著要了解，而她不在乎。

可是葉蓉萱不一樣。

「今天放學之後，請妳先不要來找我。」葉蓉萱的訊息裡這樣寫道。「我需要先想一想。」

看見訊息的時候，程文馨直接連午餐都吃不下了。

她不知道葉蓉萱是什麼意思——她指的是只有今天的放學之後嗎？還是從今以後都不要找她呢？

一股恐慌感在程文馨的心底翻騰。她拚命深呼吸，卻無法壓下瘋狂加速的心跳。

葉蓉萱的訊息就像一桶冰水當頭澆下，程文馨只覺得背脊一陣發麻。

說她感到意外，那絕對是騙人的。她不是傻子。在她心底，本來就有一個念頭潛伏著。她沒有天真到會認為，葉蓉萱能就這樣接受昨晚發生的事。但是她期待葉蓉萱怎麼樣呢？這部分，她發現她沒有答案。

仔細想想，葉蓉萱除了開始迴避她之外，她還能有什麼別的反應？她可是有男友的人。程文馨是和一個有男友的女人上床了。葉蓉萱怎麼可能有辦法面對她？

「程文馨，妳怎麼了？」她身邊的同學看見她一動不動地盯著手機看，便向她問道。「出什麼事了嗎？」

程文馨只是無聲地對她們搖搖頭。她沒有辦法解釋，她連話都說不出口。

下午第一節課的下課，程文馨回了葉蓉萱的訊息。

她反覆輸入又刪除了那則訊息好幾次，直到她終於下定決心。

「老師，對不起。我知道我做錯了。」她寫道。「請不要生我的氣，好嗎？我保證，以後我不會再做這種事了。妳希望我怎麼做都可以，只是拜託妳，不要不理我。」

她知道這封訊息看起來太可悲、也太丟臉了，但是她不知道自己還能說什麼。

又過了一節課，她打開與葉蓉萱的對話視窗，看見葉蓉萱已讀了她的訊息。只有已讀，沒有任何回覆。

程文馨不知道葉蓉萱是怎麼想的，但她無從得知。如果可以，她真想直接衝去老師的辦公室，當面和葉蓉萱說話，但她不敢。她只是整個下午都心神不寧。她機械性地抄筆記、寫課堂練習，但是她什麼也沒聽進去。

英文課時，程文馨依然繼續做著小老師該做的工作。當她走到英文辦公室的前門，她幾乎不敢踏進去。葉蓉萱提著袋子走出來，交到她手上。

「老師。」程文馨嘗試道。

「謝謝。」葉蓉萱說。「走吧，快要上課了。」

葉蓉萱簡直像是換了另一個人似的，不僅迴避她的眼神，就連說話的口氣也不一樣了——有點太有禮貌、太生疏。

就好像她想要假裝不認識程文馨似的。

程文馨只覺得想哭。她咬著嘴唇，走在葉蓉萱身後一步遠的地方，阻止自己落淚。她不想讓葉蓉萱看見她哭，這樣太丟臉了。

放學後，她的身體彷彿有一股強大的慣性，想要拉著她往英文辦公室的方向走。可是不行。葉蓉萱現在不想看到她。如果她現在硬去入侵葉蓉萱需要的空間，她會不會又把她推得更遠？

不到二十四小時前，她還覺得自己和葉蓉萱的距離史無前例地靠近。但才過了半天，她卻感覺她們兩人突然像是隔了一個宇宙那麼遙遠。

如果葉蓉萱決定從此離開她的生活呢？

如果她就連朋友都當不成了，連閒聊和開玩笑都不能有了呢？

走到教學大樓外的草坪上時，程文馨抬起眼，往辦公室的方向看過去。這麼遠的距離，她當然看不見辦公室裡的樣子。

她咬了咬嘴唇，往校門的方向前進。

今天是程文馨這幾個月以來，最早踏進家門的一次。

也是她這幾個月以來，最早在家裡見到她父母的一次。

所以，原來他們並不是不能提早回家，只是因為先前他們都還不覺得，有什麼事值得他們放棄那些應酬和額外的商務會議。顯然她一個晚上沒有回家過夜，對他們來說就夠嚴重了。

他們甚至沒有等到程文馨把背包放下，也沒有讓她在沙發上坐下。當程文馨推開家裡沉重的塑鋼門，走進玄關時，爸爸就立刻從沙發上站了起來。

「程文馨，妳解釋清楚。」他把幾張紙，啪地一聲拍在玄關處的置物櫃上。上頭擺著的富貴竹盆栽窸窣搖晃了起來。「這是怎麼回事？」

「什麼東西？」

她連爸爸拿的是什麼都不知道，更遑論要她解釋了。

「妳的信用卡帳單！」爸爸的吼聲在玄關形成了回音。「妳自己看！」

程文馨皺著眉打量著那幾張印得密密麻麻的紙，思索了一下，然後才後知後覺地想到了。她的副卡。她好幾次請葉蓉萱吃飯和在咖啡廳裡喝飲料，都是刷那張卡。

她怎麼會這麼笨呢？

程文馨覺得自己的耳根發燙，但她說不清那是因為愧疚還是丟臉。她垂下視線，看著自己的腳尖。她連鞋子都還來不及脫。

「這些餐廳是怎樣？還有咖啡廳。」她幾乎可以感覺到爸爸身上冒出來的熱氣。

「妳和誰去了？」

程文馨沒有回答。

「我在問妳話！」爸爸吼道。

「老公。」媽媽的聲音從客廳的方向傳來。「你讓文文進來再說吧。你在門口吼，會被鄰居聽到。」

聽見這句話，程文馨忍不住噗哧一聲，笑了出來。

鄰居？即便到了現在這一刻，他們不得不教訓女兒的時刻，她媽媽最在乎的，還是鄰居對他們家的看法。

「妳笑什麼？」爸爸的聲音在頭頂上炸響。「妳覺得很好玩是嗎？妳——」

「老公。」媽媽再度出聲。

爸爸的話硬生生地打住。他似乎還想要繼續對她吼叫，但是隨後又決定聽從妻子的意見。

「妳給我進來。」他說。「今天我們一定要把這件事解決掉。」

他的說法，好像程文馨只是他在工作上遇到的另一個難題。程文馨用腳跟把鞋子踩了下來，踢到一旁，跟在爸爸身後，走進了客廳。

「坐下。」爸爸指著單人座的沙發，命令道。

程文馨默默地照做了。

爸爸再度把那幾張帳單的明細丟在茶几上。他伸手指著紙張，雙眼瞪得老大。「妳這段時間，補習一直蹺課，都跑去幹什麼了？」

「你不是都看到了嗎。」程文馨低聲說。「就寫在帳單上啊。」

「妳還頂嘴！」

「妳都和誰出去了，文文？」媽媽在此時開口了。

「朋友。」程文馨低聲說。

「朋友？然後每一次都是妳買單？」爸爸質問道。「妳朋友是把妳當成提款機嗎？因為妳家有錢就讓妳當金主？」

程文馨咬緊牙關。她覺得臉頰一陣燒燙，她不知道那是因為她被自己的爸媽當成白痴，還是其他什麼原因。

「沒有。」程文馨回答。

「那是怎樣？」爸爸逼問。

程文馨咬著口腔內側的肉，拒絕回答他的問題。

看著她爸爸臉上的表情，她感覺他就要揍她了。她小時候也沒有少挨爸爸的打。她毫不懷疑，要是她繼續頂嘴，她爸爸就會一巴掌搧過來。

「文文，妳老實說。」媽媽的聲音很平靜。今天這場家庭會議中，顯然她的角色就是扮演白臉。「妳……是交男朋友了嗎？」

但是，這個家庭會議，對他們來說，或許有點太晚了。

在程文馨的成長過程中，他們有太多次機會可以坐下來和她好好談話。但是他們一次次錯過——在程文馨被他們送出國去，人生地不熟、語言也不習慣的時候，他們就應該要先和她聊聊的。當她第一次因為生理期而產生無法理解的情緒起伏時，她的媽媽也至少該以前輩的姿態告訴她，這是正常的。

但是他們都沒有。程文馨一直都是靠自己摸索；他們除了給她錢、把她托給一個個保姆或是補習班之外，什麼都沒做。

而現在，她早就已經過了想要和他們談話的時機。真要問她的話，她現在只想逃。離這些人越遠越好。把工作和自己的休閒看得比她還要重要的父母，只會用錢來控制她的父母——對她來說，還不如不要。

不等程文馨回答，爸爸就從沙發上跳了起來。「妳昨天晚上是在那個男生家過夜嗎？」他指著程文馨的臉。「妳才幾歲？妳就給我——」

「不是。」程文馨抬起頭，對上爸爸的視線。「不是！」

爸爸狠狠瞪著她，眼神像是想要把她拖進房間裡鎖起來似的。

「我只是在朋友家待太晚了！」程文馨大聲說道。「為什麼我在外面過夜，就一定跟男生有關？」

「什麼朋友？」爸爸吼道。「妳同學？還是網友？」

「學校的朋友。」程文馨回答。

這句話不算是說謊。葉蓉萱確實是她在學校的朋友，只是不是同學罷了。

「哪門子的酒肉朋友。」爸爸哼了一聲，嘴角勾起一絲譏諷的弧度。「妳覺得朋友是可以靠錢買來的嗎？妳就一直請客、一直請客？妳要知道，妳花的也都是我們辛苦賺來的錢——」

這番話，程文馨再也聽不下去了。錢、錢、錢。就算是現在，他們眼中也就只有她花掉的那些錢。

「這不是你們教我的嗎？」程文馨忍不住反脣相譏。「花錢買朋友這件事，你們不是每天都在做嗎？」

啪。

「老公！」

程文馨只覺得自己的眼前，一瞬間變得一片空白。一秒鐘之後，她的左邊臉頰，便熱辣辣地痛了起來。

爸爸的這一巴掌力道之大，使程文馨的頭甩向一邊，她脖子的肌肉就像是拉傷一樣，開始陣陣抽痛。

「妳說這什麼話，啊？」爸爸說。「我們是這樣教妳說話的嗎？」

程文馨嚥了一口口水。

繼臉頰之後，她的眼眶也刺痛了起來。不行，她不能哭。她不能在這個時候落淚。她已經夠丟臉了。

她用力咬住自己的嘴脣，將哽咽的感覺吞下肚。

「你們教我的東西可多了。」她說。

然後她站起身，抓起書包，快步往自己的房間跑去。

「妳給我回來！」爸爸在她身後大吼。

但是在她衝進房裡、甩上房門後，爸爸並沒有追上來，或許是被媽媽給攔住了。

程文馨把背包丟在書桌椅下，然後往床上一躺。在眼角威脅她許久的淚水，終於流了下來。她抓起棉被遮住臉，悶住自己無法壓抑的啜泣聲。

可惡、好可惡。

她就只是喜歡上了一個人而已，她只是想要對對方好而已。她只是想要多花一點時間和對方在一起，這樣為什麼就錯了？

她並沒有忽略自己的本分，她還是把該唸的書、該寫的作業都寫完了啊。但是補習本來就是多餘的，不是嗎？是他們希望她去的，並不是她要求的啊。

程文馨摀著臉，把所有的眼淚都哭進了棉被裡。

當她最後頂著哭腫的眼睛，悄悄走去浴室時，客廳裡已經沒有人了。她拿著換洗衣物，躲進浴室裡，鎖上門。

她的左臉頰一片紅腫，那股刺麻的感覺已經消失，只剩下腫脹的疼痛。她的兩眼通紅，眼皮浮腫。她小心翼翼地洗完臉，又在蓮蓬頭下站了好久，只是讓水不斷從她的頭髮和皮膚上流過，直到她的指尖都發皺為止。

程文馨沒有吹頭髮，只是用毛巾包著頭，再度回到房間。

她從桌面上抓起手機，打開Line的應用程式。她的手指在屬於葉蓉萱的聊天視窗上猶豫了一陣。她們對話的最後一句，仍然停留在她今天下午傳給老師的那則訊息。

然後她點開視窗。

「老師，對不起，我不是故意要打擾妳。」她寫道。「但是，我明天可以找妳聊聊嗎？拜託。我真的很難過……」

讓她意外的是，訊息才一發出，葉蓉萱幾乎立刻就已讀了。

程文馨屏住呼吸，等待著她的回應。或者說，她會回應嗎？

接下來的幾分鐘，漫長得就像是好幾個小時。

就在她絕望地準備要拋下手機時，屬於老師的那一側，跳出了一則新訊息。

「好。」

就只是這樣一個字，卻讓程文馨的心臟雀躍地像是長了翅膀。

程文馨低下頭，看著自己手腕上的月亮石手鍊。

她沒有再回覆，彷彿只要她再多打一句話，就會把老師再度嚇跑。她把手機丟在枕頭上，然後從衣櫃裡拿出一個運動用的圓筒包。

她不想要繼續在這個家待下去了。這個家、這個家裡住的人，都比不上葉蓉萱給她的溫暖。她才不稀罕她爸媽給的錢。如果他們想要斷她的金援，以為這樣可以讓她乖乖聽話，那他們絕對是大錯特錯了。

他們把她養到十七歲，但是他們從來就不了解她。

程文馨咬了咬牙，開始把換洗衣物塞進包包裡。

第十二章　等明天過後再來反省

看著站在她面前的程文馨，葉蓉萱心中的感覺複雜得無法言喻。程文馨的肩膀上扛著一個裝滿東西的運動背包，身穿厚重的冬季毛衣和外套，脖子上圍著葉蓉萱給她的圍巾。

「老師。」她低聲說。

葉蓉萱只覺得胸口一陣緊縮。她不太確定這種感覺是從何而來。

但話說回來，過去這幾天，她沒有一件事情是確定的。

直到現在，她還是不知道，自己那天晚上發生了什麼事。她試著在腦中把那幾件事細細順過一次：她喝了酒，她讓程文馨爬上了她的床，她和文馨做了那件事——

而且她漏接了鄭宇廷的電話。

不知為何，這件事比她那天晚上做的任何事，都更令她罪惡感深重。隔天早上，在她叫程文馨起床之前，她看見自己的手機上有幾通來自鄭宇廷的未接來電，還有一則訊息。

「寶貝妳睡著了嗎？」他的訊息裡這樣寫道。「那就晚安囉。」

葉蓉萱只能回覆他：「對啊，太累了，就不小心睡著了。」

鄭宇廷完全沒有針對這件事多問她什麼，就連當天晚上視訊的時候也沒有。鄭宇廷只是一如往常地和她聊工作上的事，也問她學校的事，就像什麼事都沒有發生過一樣。

嗯，對他來說也許是，但對葉蓉萱而言，卻完全是另一回事。

看著鄭宇廷溫柔的雙眼，聽著他輕快的言詞和愉悅的語調，葉蓉萱只覺得自己爛透了。她甚至沒有辦法和鄭宇廷對視超過三秒鐘。只要看著他太久，那句話就會威脅著葉蓉萱，在她的舌尖發顫。

她和別人上床了。她背叛了他。不只是肉體，還有心理。而後者，才是讓葉蓉萱更難以面對的部分。她還愛鄭宇廷嗎？如果還愛的話，她對程文馨的感覺，又算是什麼？

她想要和他坦承，但是她不知道要怎麼開口。她不知道她要怎麼承擔坦承的後果。

於是，她就只能扛著那股罪惡感。

阻止程文馨來找她，是她覺得自己勉強做對的一件事。在她們做了那件事之後，她就很清楚地知道，她們越界了。

程文馨送她禮物、對她告白，那是一回事。她容許程文馨對她上下其手，她甚至主動迎合對方、用她的手來……那又是完全不同的一件事。

她現在，再也沒有辦法說服自己，那只是對學生的包容和關愛了。哪一個老師會「包容」學生那樣摸她、還讓學生把她摸到高潮？

葉蓉萱只想要把自己掐死。

她還想要自欺欺人到什麼時候？

從她讓程文馨吻她的那一刻起，她就該知道，程文馨已經不只是她的學生了。至於她們究竟是什麼？她沒有答案。

所以她暫時不想要見到程文馨，至少不是在單獨的狀況下。她需要時間釐清這件事。

程文馨哀求她，希望她別不理她。但是葉蓉萱暫時沒有辦法做到。她不知道自己要怎麼在做過那件事後，繼續面對這個學生。或是面對鄭宇廷。

不過這一個晚上的時間，她什麼也沒想出來，就收到了來自程文馨的訊息。

程文馨想要找她談談，也許她是該找她談談。也許這樣她們就可以找到一個方法，讓她們之間的事能稍微被抹平——儘管她知道她更像是在做白日夢。

但是她沒有想到，放學後，程文馨會帶著一袋行李，出現在辦公室門口。

「文馨？」葉蓉萱皺起眉頭，看著程文馨浮腫的雙眼。「發生什麼事了？」

程文馨沒有立刻回答她。女孩的視線掃向辦公室裡其他老師的座位，然後又回到她身上。

這裡沒有辦法說話。葉蓉萱立刻就懂了她的意思。

「妳等我一下。」葉蓉萱說。

然後她收拾起桌子上的東西，帶著葉蓉萱一起離開了辦公室。

「怎麼了？」

走到一片空曠的操場上時，葉蓉萱才終於問道。

「老師，今天晚上，可以讓我住在妳家嗎？」程文馨說。

葉蓉萱轉過頭，瞪視著她。她是認真的嗎？在她們發生了那種事之後，她怎麼會認為，葉蓉萱還會讓她進到她的套房裡？

「我沒有辦法，文馨。」葉蓉萱簡短地搖了一下頭。「我們做的事情，是大錯特錯——」

「我不要回家。」程文馨低聲打斷了她的話。

葉蓉萱硬生生地把話嚥了回去。

「如果不能待在妳家，我就會去找別的地方住。」程文馨一字一句地說道。她拉了拉自己背包的肩帶。「不管去哪裡都好，我不會回家。」

葉蓉萱咬了咬嘴唇。這句話有點出乎她的意料，但是她突然沒有辦法那麼堅持地把程文馨趕走了。

程文馨的眼神太沮喪、也太挫折了。葉蓉萱相信，程文馨不只是在空泛地威脅她而已。

如果她不讓文馨去她家過夜，那麼這個小女孩，今晚會去哪裡呢？

光是想到有可能會發生的事情，葉蓉萱就覺得頭皮發麻。

不。就算她和程文馨之間有那麼一點尷尬，她畢竟是兩人中的那個成年人。她還是需要保護程文馨的安全。

只是讓她待一個晚上，沒有關係的。

對吧？

葉蓉萱嘆了一口氣。「好吧。」

程文馨並沒有像之前那樣，露出眼神發亮的神情。她只是點了點頭，輕聲說了一句：「謝謝老師。」

在回程的路上，程文馨一句話也沒說。她只是直直地望著捷運車廂外漆黑的隧道，嘴唇呈現著下垂的弧度。

她們在回家的路上，順手買了兩個便當。然後兩人一起回到了她小小的套房。

葉蓉萱鎖上門，把便當放在小桌上。程文馨把她的行李袋放在門旁的地上。然後她就這樣站在房門邊，與葉蓉萱沉默地相望。

葉蓉萱一邊動手脫下外套，一邊開口：「好了，文馨，妳準備要告訴我發生什麼事了嗎……」

她的話還沒有說完，她就感覺到一雙手臂環住了她的腰。葉蓉萱的心臟重重一跳。程文馨的臉埋在她的頸窩，喃喃說道：「老師，對不起。」

文馨的味道充滿了她的鼻腔。葉蓉萱咬著嘴唇，感覺到自己的後頸和脊椎一陣發麻。

那天她們發生的事，到底對她造成了什麼影響？現在居然連程文馨的氣味和擁抱，都能讓她產生這樣的生理反應。

「好了，好了。」葉蓉萱抬起手，僵硬地拍了拍她的頭頂。

但是程文馨動也不動，只是繼續把頭伏在葉蓉萱的肩上。

「不要生我的氣，好嗎？」她低聲說。「如果妳不喜歡，我保證我什麼都不會再做了。但是拜託，不要不理我……」

她語尾的鼻音和哽咽，絕不是葉蓉萱的想像。

她轉過頭，看向程文馨的側臉。淚水正從文馨的眼角滾出，沿著她的臉頰下滑。

葉蓉萱閉上眼睛。胸口那股熟悉的緊窒感再度襲來，不管葉蓉萱多想要與程文馨劃清界線，都不是現在。

她可以等明天過後再來反省和產生罪惡感。

但是今天，她只想要把程文馨臉上的眼淚抹去。

葉蓉萱把她的外套扔在床尾，然後在程文馨的臂彎中轉過身。

「好了。」她猶豫了一下，隨後抬起手，抱住程文馨的頭。「我沒有不理妳啊。我只是……需要一點時間想想，妳知道嗎？」只是她什麼都沒想清楚罷了。

程文馨一邊吸著鼻子，一邊點點頭。

葉蓉萱用手背抹去她臉上的淚水。「不要哭了，嗯？」她說。「妳先告訴我，妳為什麼不想回家？家裡發生什麼事了嗎？」

在葉蓉萱的帶領下，程文馨在矮桌邊坐下。她抱著膝蓋，盯著自己的腳尖。一開始，她還不想和葉蓉萱多說。但是最後，她還是簡短地把昨天晚上發生的事說了出來。

葉蓉萱坐在床邊，靜靜地聽她說。

「我不要回家。」最終，她說。「反正他們也不在乎。」

葉蓉萱當然知道這時候該說什麼：他們並沒有不在乎她，沒有父母會不在乎自己的孩子的——如果不在乎，他們就不會在她不回家過夜時這麼生氣了。

但是她決定，暫時什麼也不說。現在說這些話，只會讓程文馨變得更倔強。

「但是我會在乎呀。」葉蓉萱說。「我不想看到妳這樣。」

程文馨抬起眼，看著她。

「妳和妳爸媽吵成這樣……我也會擔心。」葉蓉萱繼續說。「我不知道你們家的關係是怎樣，但是……」她思索了一下。「我只是覺得，妳需要換個方式和他們溝通。」

果然，程文馨頑固地一甩頭。「我不要。」她說。「我才不要跟他們溝通什麼。我現在只想……只想趕快搬走。」

「等妳上了大學，妳就可以搬走了。」葉蓉萱提議。「妳就想，還剩下一年，很快就過去了。」

程文馨臉上的表情，讓葉蓉萱聯想到扯著牽繩、拒絕移動的小狗。「我不想住在家裡。我也不想拿他們的錢。我可以自己打工啊。」她咕噥道。「他們以為不給我錢，我就會乖乖聽話了。想得美。」

葉蓉萱只能無奈地搖搖頭。現在的程文馨，是不可能聽得進去她說的任何話的。

「沒關係。」她說。「我們現在先不說這個了，好嗎？」她從床邊站了起來，來到程文馨身邊的地上坐下。「我們先吃飯吧。其他什麼事，吃完了再說。」

於是她們吃了便當，然後葉蓉萱讓程文馨寫了作業，她則在一旁讀了一會教甄的參考書，但她的腦子亂成一團，幾乎什麼也沒讀進去。

程文馨的手機在一旁的地上震動了好幾次，但是程文馨一次也沒接。最後，她只是拿起手機，把電源直接關閉了。

當葉蓉萱自己的手機響起時，她才驚覺，又到了每天晚上和鄭宇廷講電話的時間。她的腸胃一陣翻攪，然後糾結成一團。

每次當她和程文馨待在一起的時候，她就會忘記鄭宇廷的存在。這個認知，又為她心底堆積的罪惡感，多加上了一層。

「我男友打來了。」她對程文馨說。「妳先不要說話。」

程文馨只是瞪大了眼睛，看著她。

葉蓉萱爬上床，靠著床頭板，接通了電話。

「嗨。」鄭宇廷的臉出現在螢幕上。

葉蓉萱盡可能讓自己的表情保持正常。她露出大大的微笑。「嗨。」

「今天這麼早就在床上了啊？」鄭宇廷問。「很累嗎？」

「對啊。」她回答。這不算是撒謊。「唸教甄真的很辛苦欸。」

「嗯……」鄭宇廷認真地點了點頭。「但是考上的話很值得啦。」

「是啦。」葉蓉萱說。

她不想要繼續和鄭宇廷討論教師甄試的話題，至少不是在程文馨在場的時候。

和甄試有關的一切，對她來說都太複雜了——考上、沒考上，考上的分發、沒考上的續聘與否，她現在全部都沒有辦法思考。更重要的是，這些事，決定權幾乎都不在她手上。

教甄的話題草草結束，接下來的對話中，她強迫自己專注地看著螢幕上的鄭宇廷，忽略坐在一旁地上的程文馨。

她知道程文馨沒有在寫作業了。她的眼角餘光可以看見，程文馨正定定地看著她，一動也不動。

一股強烈的罪惡感從她的心底深處湧現，將她整個人吞沒。

看著鄭宇廷的臉，她突然有一種錯覺，好像自己的內心被人硬生生地撕扯成兩半。一邊是她所愛的男人，一邊是她割捨不下的學生。為什麼她會讓事情走到這個地步呢？

她搞砸了，她全部都搞砸了。

葉蓉萱的鼻頭一陣刺麻，一股令她內心極度不安的感覺開始在她的眼角拉扯。

「我有點睏了。」葉蓉萱勉強扯出一個笑容，然後打了個呵欠。一滴淚水溢出眼角，但她只是順理成章地用手指抹去。「對不起啦，寶貝。我真的好累。」

「沒關係。」鄭宇廷輕柔地說。「我們明天再聊吧。妳好好休息。」

「好。」

「愛妳喔。」鄭宇廷說。

「愛你。」葉蓉萱回答。

在她切斷視訊通話的那一刻，她再也沒有辦法克制自己的眼淚。

她好爛，她真的好爛。沒有任何人、或是任何話，可以扭轉這個事實。她是個騙子。是她自己讓事情變成這樣的。

在淚水模糊的視線中，她看見自己手腕上的那串太陽石的手鍊。

從程文馨送她這條手鍊的那一刻起，她就已經在說謊了：只有在鄭宇廷出現的時候，她才會將這條手鍊取下、藏進背包的最底層。她說要把手鍊還給程文馨的，但是她至今仍然沒有。

她還特別去查過太陽石的功用。在人們感到缺乏自信、自我懷疑的時候，這個石頭應該要為她帶來正能量、鎮定她的情緒的。

但是為什麼她現在還是這麼自我厭惡呢。

她抱著膝蓋，把臉埋在臂彎裡。淚水沾濕了她的手臂和臉頰，滴在她的大腿上。

一雙手緩緩地抱住她的身體，然後，另一具柔軟的身軀貼上了她。

「老師，妳不要哭啦。」程文馨的聲音在她耳邊說道。「如果妳很尷尬，我可以現在就走。」

葉蓉萱可以感覺到，她的嘴脣輕輕貼著她的頭髮。葉蓉萱抽泣著，幾乎沒有辦法開口說話。

「不，這不是……不是妳的問題。」她斷斷續續地說。「是我沒有做好……是我不該騙他……」

她不知道自己為什麼要和程文馨說這些話。此時，她最需要的就是鄭宇廷在她身邊。她想要對他懺悔、想要讓他對她怒吼、想要得到應得的懲罰，這樣或許就能消除心頭沉甸甸的罪惡感。

但在她身邊擁抱著她、輕柔地搖晃著她的人，卻是程文馨。

她怎麼會這麼爛呢？

程文馨的手爬過她的頭髮，按摩著她的頭皮，就這樣一遍又一遍。葉蓉萱喘著氣，仍然無法制止自己的眼淚。她的肚子裡彷彿有一個無底的深淵，而裡頭骯髒的東西，正不斷翻騰、湧動。

如果可以，她真希望自己能夠在這一刻從人間蒸發。

這樣她就不用面對未來，不用面對自己傷害了那個愛她的男人的事實。她也不用面對坐在她身旁，低聲呢喃著安慰話語的女孩。

她傷害了每一個人——每一個愛她的人。

如果她消失就好了。

「不要哭。」程文馨的聲音，就像是在唸著某種咒語。「不要哭。」

葉蓉萱抬起頭，帶著滿臉的狼藉，看向程文馨。

「我該怎麼辦？」她問。

她並不是真正在問一個問題，她也不期待文馨給她任何答案。但是程文馨只是伸手拿過矮桌上的面紙盒。她抽出一張面紙，有點笨拙、但是很認真地，開始擦拭葉蓉萱臉上的淚水和鼻水。

「我們現在先不說這個了，好嗎？」

程文馨的眉頭微微蹙起，嘴角帶著一絲似有若無的微笑。

這是葉蓉萱剛才對她說的話。此時，或許是因為眼淚的關係，葉蓉萱突然覺得，程文馨一點也不像只有十七歲。

程文馨摟著她的手臂好溫暖，好堅定。這是她這時候最需要的東西——一隻堅強的手臂，能夠讓她覺得，自己在這場人生中還有一點價值。

她怎麼會淪落到這個地步呢？

程文馨的大拇指，輕輕地撫過她因淚痕而緊繃的臉頰。

一股奇異的感覺拉扯著葉蓉萱的神經。她知道接下來會發生什麼事。她知道她應該要怎麼做才是正確的。

但是現在她沒有辦法做對的事了。

她閉上眼睛，緩緩呼出一口長氣。

接著，一雙柔軟的嘴脣，便像是受到某種邀請般，吻上了她。

「嗯……」她聽見自己輕微的喘息聲。

程文馨的手輕柔而緩慢，一點一點卸下了葉蓉萱僅剩的理智。

葉蓉萱放棄了抵抗。她現在什麼都不想要。也什麼都不配要。在女孩手指的碰觸下，她顫抖著，讓自己被對方炙熱的感情給融化。

一切都像是在夢中，一場她不想繼續下去，卻又醒不來的夢。

第十三章　不只天真，還很愚蠢

程文馨在床上躺了很久，卻始終無法入睡。葉蓉萱已經在她身邊昏睡過去，而程文馨一手攬著她，雙眼在黑暗中，凝視著一片空白的天花板。

今天的葉蓉萱……很不一樣。變得主動、也變得熱情。程文馨的手一碰到她，就彷彿有了自己的意志，開始飢渴地探索她的身體。葉蓉萱把她抓得很緊，好像怕她一轉眼就會消失似的。

而且，葉蓉萱剛才也試著要碰她。被葉蓉萱的手指碰觸到的皮膚，每一寸都像是被火焰點燃般灼熱，使她發出了這輩子從來沒有發出過的聲音。

高潮過後的葉蓉萱又哭了。程文馨卻什麼也做不了，只能抱著她蜷縮在一起、輕輕顫抖的身體。

「什麼都毀了。」葉蓉萱的額頭抵著她的肩膀，喃喃說道。「全部都毀了。」

「沒有，沒有。」程文馨只是不斷重複道。「我還在啊。」

但是她感覺得到，「她」並不是葉蓉萱此時最想要的東西。

她是不是……真的做錯了？

這是這段時間以來，程文馨第一次意識到，她的喜歡、她對老師的好感，或許才是葉蓉萱現在變得這麼痛苦的原因。她自以為是的付出，是不是真的傷害了老師？

她翻過身，看著睡著在一旁的葉蓉萱。蓉萱的一頭捲髮散落在床鋪上，她忍不住俯下身，吻了吻葉蓉萱的臉頰。

然後程文馨悄悄地爬下了床。她再度把手機開機，看著不斷跳出來的訊息和未接來電通知。

她爸媽是真的很生氣。她知道自己這次也搞砸了。

一股近似於反胃的感覺在程文馨的腹部翻滾，使她乾嘔了起來。她衝進廁所裡，將門關上。

「第三者」。

她不敢相信，直到現在，這個詞才真正進入她的腦中，就好像先前她一直用盡全力把它排除在外，但現在，她已經沒有辦法這樣做了。

她就是一個第三者。她一直認為自己對老師的喜歡，就只是她和葉蓉萱兩人之間的事。但是越來越強烈的感情、以及後來發生的肉體關係，再也不是一開始那種單純的關係……

她怎麼會那麼天真呢？

現在她知道了。她不只天真，還很愚蠢。

她毀了蓉萱的生活，也介入了她和男友的關係。但是她太晚才發現了。或者說，她太晚才願意正視這個事實。之前她到底是用什麼心態在接近蓉萱的呢？是覺得還沒有結婚之前，她都還有公平競爭的機會？還是哪種她自己也說不上來的頑固，覺得她只是喜歡老師而已，又沒有做錯任何事？

她只是沉浸在老師逐漸接受她的喜悅之中，沾沾自喜、還認為那是屬於她的勝利。

但是現在一切都再清楚不過了。那哪裡是什麼勝利？那從頭到尾，都是她的一廂情願而已。

看著葉蓉萱的眼淚，她的心就像是被人掐住一般疼痛。但是她現在又能怎麼辦？

程文馨抓著洗手台的邊緣，直到自己的指關節泛白。

不，她知道自己要怎麼做。明天放學後，她就會從葉蓉萱家離開。她不會再打擾老師的生活，她會把屬於葉蓉萱的人生還給她。

至於她自己要去哪裡，她還沒想到。或許她可以去K書中心，或是漫畫出租店。有些地方甚至有淋浴間，她不會連個過夜的地方都找不到的。對吧？

程文馨洗了幾次臉，直到冬季冰涼的自來水，讓她燥熱的臉頰冷卻下來為止。然後她走出浴室，回到葉蓉萱的身邊躺下。她的腦中有許多紛亂的想法，沒有邏輯，卻也不肯停息。她連自己是什麼時候睡著的都不知道。

她覺得自己的眼睛根本還沒閉上，葉蓉萱的鬧鐘就響了。程文馨仰面躺在那裡，只覺得頭暈目眩。

「該起床了，小屁孩。」

葉蓉萱坐在她身邊的床沿上，對她露出一抹淺淺的微笑。但是就算在程文馨昏沉的視線下，她也知道，那股笑意並沒有達到葉蓉萱的眼睛。

程文馨的一句道歉堵在嘴邊，沒有說出口。她已經道過太多次歉了。

「好。」

她從床上爬了起來，換上制服後，便開始收拾她的運動包。

「妳在幹嘛？」

程文馨轉過頭，看見葉蓉萱站在她身後，正瞪著雙眼看著她的動作。

「我……今天我不會再住在這裡了。」她垂下視線，繼續整理背包裡的東西。「我知道我讓妳很困擾，所以我覺得，我還是離開比較好。」

「妳要去哪裡？」

「我不知道。」程文馨承認道。「但是我昨天聽到妳跟妳男友的對話。而且妳還哭得那麼慘。」

葉蓉萱皺著眉，來回打量她的臉。她咬了咬嘴脣，好像在猶豫自己該怎麼說接下來的話。

「已經不差這一天了，對吧？」她很遺憾似地笑了笑。

「可是——」

「不管妳今天離不離開，發生過的事，都不會改變了。」葉蓉萱說。

程文馨聳了聳肩，沒有說話。

「那是我要煩惱的事情，不是妳。」葉蓉萱說。「妳如果去別的地方，反而更讓人擔心。妳待在我家，至少我還能確保妳的安全。」

說到這裡，葉蓉萱的眼眶又紅了。程文馨暗自瑟縮了一下。她真的不想再看到葉蓉萱哭，但是現在這麼說，似乎有點太晚了。

從最一開始，她告訴蓉萱，自己喜歡她的時候，她就把葉蓉萱弄哭了。現在想來，她帶給葉蓉萱最多的，或許只有眼淚。

「好吧。」程文馨說。「我不會走。妳不要哭了。」

葉蓉萱的手指壓了壓眼角。「我沒有哭啊。」她轉過身。「我要趕快化妝了。」

程文馨無聲地點點頭，看著葉蓉萱在小小的抽屜前坐下。

＊

接下來的兩天，程文馨的手機終於安靜了。她的爸媽沒有再繼續試著和她聯絡，但程文馨不太確定他們究竟打算做什麼。

她心中隱隱不安的感覺，在第二天終於得到了驗證。

數學課上到一半的時候，程文馨就看見班導出現在窗戶外頭，往教室裡張望。儘管她只是看見班導師的身影，但她心中立刻就有一個聲音提醒道：她是來找妳的。

程文馨看著班導走到前門，伸手敲了敲門板。

「不好意思。」班導對數學老師說，然後將頭探進教室裡。「程文馨今天有來上課嗎？」

全班同學的目光，瞬間朝程文馨的方向看來。

程文馨的表情瞬間有些失調。她遲鈍地舉起手，指向自己的臉。「我？」

班導對上她的視線，點了點頭。程文馨屏住呼吸，突然感到脊椎一涼。如果班導當著所有人的面說出了什麼，那該怎麼辦？

但是班導沒有透露半點口風。她只是對程文馨說：「文馨，下課的時候，妳來辦公室找我一下。」然後她和數學老師打過招呼，就離開了。

「怎麼啦？」程文馨身邊的同學低聲問她。「妳做錯什麼事啦？」

程文馨只是裝傻地兩手一攤，然後就低下頭看著課本。接下來的整堂課，她除了黑板和書本之外，沒有看向其他地方。

下課後，程文馨便順從地出現在班導的辦公室前。

班導正在班公桌前改著作業。當她看見程文馨出現在桌邊時，便把戴在鼻梁上的老花眼鏡取了下來。

「文馨。」她說。

「老師。」程文馨回答。

「妳最近過得還好嗎？」

程文馨抿起嘴，聳起眉毛。「老師，怎麼了？」她不相信班導只是想要和她閒話家常。

班導沉默了兩秒，然後嘆了口氣。「妳爸爸今天早上打電話給我。」

聞言，程文馨的身子一僵。「他說了什麼？」

「他問我，妳這兩天有沒有來學校上課。」班導說。「他說，妳已經兩天沒有回家了。」

「喔。」程文馨說。然後她垂下視線，看著班導桌面上的筆筒。

「文馨，妳們家發生了什麼事嗎？」

程文馨搖搖頭。

「如果妳和妳爸媽起了什麼衝突……」班導皺起眉頭。「他們有傷害妳嗎？」

程文馨聽出了她話裡的暗示。她立刻回答：「沒有。」

「如果遇到什麼困難，妳一定要說出來，好嗎？」班導說。「如果能幫得上忙，我一定會盡量幫忙。」

「老師，我真的沒事。」程文馨說。

「可是妳兩天沒有回家，妳爸媽說，他們也聯絡不上妳。」班導頓了頓。「如果可以，妳能不能回覆一下他們的訊息？讓他們知道妳安全。妳爸打電話來的時候，聽起來很緊張——」

「好。」程文馨說。但是她知道自己不會這麼做。

他們從來就不在乎她過得好不好、或是她在學校發生了什麼事。現在，他們卻在老師面前表現得好像非常關心她似的。

他們是在作秀給誰看？

程文馨才不要配合他們演出這場家庭鬧劇。

班導似乎不相信她。「文馨，妳知道，他們會擔心，我也會擔心。」班導說。「我們不知道妳這兩天在哪裡過夜，是在某個朋友家？或是哪個同學家？如果妳出意外的話……」

「我很安全。」程文馨說。「你們不用擔心。」

「文馨，這不可能啊。我們要怎麼不擔心？」班導止住話，看著她的臉，思索了一下。「不然這樣吧。我不知道你們家裡發生什麼事，我也不會多問。但是，至少讓我知道妳這幾天待在哪裡。」

程文馨懷疑地看了她一眼。她的腦子快速運轉起來，想知道她要怎麼說，才不會惹禍上身。

「至少讓我告知妳的爸媽，也讓他們放下心。」班導繼續說道。「剩下的事，我都不會過問。妳覺得怎麼樣？」

程文馨猶豫著。

如果她只是把葉蓉萱說成好心收留她的老師，或許就沒事了。看班導的模樣，如果程文馨繼續堅持隱瞞，她只怕會惹出更多麻煩。

最糟糕的狀況，是她爸媽會直接跑來學校找她——到時候場面就難看了。

程文馨不想要自己和家人的衝突變得人盡皆知。如果透過班導，可以讓爸媽稍微冷靜一點，這樣或許不算是壞事。

她嚥了一口口水，下定決心。

「英文老師讓我住在她家。」她低聲說，小聲得只有班導聽得見。「就這幾天而已。」

「英文老師？」班導眨了眨眼睛，似乎很意外聽到這個答案。「蓉萱嗎？」

程文馨故作輕鬆地聳聳肩。「我是英文小老師。我很信賴她。」程文馨頓了頓，又補上一句。「我知道要找我信任的大人。我只是……想要暫時遠離一下我家。但是我沒有想要亂跑。」

班導看起來有點困惑。她沉默地打量了程文馨幾秒鐘，好像在判斷她說的話究竟合不合乎邏輯。

最後，她終於點了點頭。「我會讓他們知道的。」

「謝謝老師。」

「文馨，妳真的沒事嗎？」班導又問了一次。「妳確定？」

「確定。」程文馨回答。

她現在確實陷入了困境，但是沒有人可以幫她。這件事，她必須自己和葉蓉萱解決。

「好吧。」班導說。「但是，如果有事，請妳一定要說出來。不管是告訴我，或是告訴英文老師，都可以。好嗎？」

「好。」

喔，她對英文老師說得可多了——絕對遠超過班導的想像。

*

那天放學之後，她再度前往英文辦公室。當葉蓉萱抬眼看向她的時候，她瞪得又大又圓的雙眼，讓程文馨立刻就知道，有什麼事不對了。

葉蓉萱在辦公室裡什麼也沒說。直到她們走到操場上，程文馨才開口。

「蓉萱，怎麼了？」

葉蓉萱回答她的聲音很輕，好像還處在驚嚇當中。「妳爸爸打了辦公室的分機來給我。」

程文馨瑟縮了一下。

靠，她早該知道，當她告訴班導自己在蓉萱那裡的時候，她爸爸是不可能不親自打電話來確認的。

「妳還好嗎？」程文馨低聲問。

她們兩人的手靠得很近，手背幾乎就要相貼。她知道她不該這麼做的。她知道她不該在學校裡這麼做，就算在校外也不應該，尤其在她已經認知到自己是第三者的情況下。

但是她還是緩緩地伸出手指，勾住葉蓉萱的指尖。

當她們的手指交纏在一起時，程文馨只覺得自己的後頸一陣發麻。葉蓉萱的手一僵，卻沒有甩開她。

「妳爸爸問我，妳這幾天是不是跟我待在一起。」葉蓉萱說。

「對不起。」程文馨咬了咬嘴唇。

葉蓉萱轉向她。「到底怎麼了，文馨？為什麼他會來找我？」

「他是先打給我們班導。」程文馨說。「班導來找我，問我到底人都在哪裡。我想說……我想說，如果我說我在妳那裡，他們可能會比較安心一點──這樣，他們就不會那麼急著找我了。」

葉蓉萱吐出一口長氣。

「蓉萱，對不起。」程文馨說，口氣焦急了起來。「我以為這樣會比較好。我沒想到他們會有妳的電話……」

不過，葉蓉萱只是搖了搖頭。「不，這樣很好。」她說。「其實，這樣最好。我也是告訴她們，妳這幾天是在我家。我跟他們保證，妳在我這裡很安全。」

程文馨想要現在就用力擁抱她。

她為葉蓉萱帶來太多麻煩了，已經遠遠超過她身為老師該承擔的一切。葉蓉萱不必為她做這些事的。她為什麼要這麼做？

是因為葉蓉萱也喜歡她，還是因為她認為程文馨是學生，而老師有義務保護她呢？而她又是為了什麼，讓事情變成現在這樣？

程文馨不知道自己為什麼突然產生這個念頭。但它卻使她的心一涼。

不，她不能繼續這樣想下去。如果真是這樣，那她們先前所做的所有事，葉蓉萱對她說過的話，就會全部失去意義了。

「他們請我好好照顧妳。」葉蓉萱握緊她的手，將她從思緒中拉了出來。「現在這樣，妳就可以稍微放心了吧？」

程文馨深吸一口氣，卻意外地發現自己有點顫抖。

「老師，謝謝妳。」她輕聲說。「對不起……所有的事情，都對不起。」

葉蓉萱只是簡短地搖頭。

「就不要說這個了吧。」她說。「我的事情，我自己會解決。」

程文馨打量著她的側臉。她不喜歡葉蓉萱這樣說話——好像程文馨跟她沒有關係似的。好像她的問題並不是她們兩人共同的問題。

但是她能做什麼？

就算她乖乖回家了，這樣又會改變什麼嗎？不。她的生活，只會回復到前幾天、前幾個星期，就和她過去十幾年的人生一模一樣。

程文馨只覺得自己的腦子亂成一團。她不確定她想要爭取什麼，也不確定自己在抵抗什麼。

第十四章　如果當作是為了我呢？

習慣是一種可怕的東西。

這是這幾天以來，葉蓉萱唯一的感想。

現在，她已經沒辦法想像，回家之後沒有文馨，她的小套房會安靜得多麼可怕。程文馨放學後和她一起回去租屋處，已經持續了這麼久。

而對鄭宇廷說謊這件事，也已經成為一種壞習慣。一開始，她的胸口還會因為罪惡感而隱隱作痛，後來也開始麻痺了。

葉蓉萱曾經以她和鄭宇廷無話不談的相處模式為傲。但是現在，她對他隱瞞的，卻是沒有任何藉口能夠開脫的祕密。

她劈腿了。她劈腿的對象還是她的學生。她現在不確定的是，她出軌的部分究竟只有肉體，還是包含了心靈。

不過，她相信，對鄭宇廷來說，這兩者沒有什麼差別。

葉蓉萱知道，她遲早有一天要對鄭宇廷坦白的。她沒有辦法扛著這樣的罪惡感和謊言，假裝沒事地和他繼續走下去。

但是光是想像那個對話，她就覺得心臟痛到像是快要死去了。她無法想像鄭宇廷的表情，也無法想像他會怎麼回應。

她會和他坦白的。她只是還需要一點心理準備。

現在，她決定先解決眼前的事情就好。

「嗨，寶貝。」鄭宇廷的聲音一如往常地溫柔，那是他在對葉蓉萱說話的時候，才會有的語氣。

「嗨。」

她覺得自己的呼吸梗在喉頭，肺部緊縮得令她疼痛。但是她該說的話還是得說。

「寶貝，這週末，你可以先不要上來嗎？」

螢幕上，鄭宇廷的雙眼眨了眨，好像一時之間沒有聽懂她說的話。

天啊，殺了她吧。

這個對話，比葉蓉萱想像的要難多了。

一會後，鄭宇廷的畫面才又開始移動。「為什麼？」鄭宇廷緩緩地問。「怎麼了嗎？」

「我有一個朋友要來找我。」

葉蓉萱只覺得自己拿著手機的手抖個不停。她把手靠在膝蓋上，擠出一個笑容。她可以從手機上緣，看見程文馨正一動不動地盯著她。

「朋友？」鄭宇廷說。「誰啊？我認識嗎？」

「你不認識啦。我的一個高中同學。」葉蓉萱說。

她好想咬掉自己的舌頭，阻止自己再吐出另一個謊言。但是話說回來，還差這一個嗎？

當她對鄭宇廷坦白時，她會全部都解釋清楚的。

鄭宇廷如果懷疑她，也沒有表現出來。「好喔。」他說。「哇，那這星期，我們就見不到面啦。」

「沒關係呀，我們下星期就見了。」葉蓉萱說。

「我會很想妳耶。」鄭宇廷說。

這是他們之間時常會說的話，他們從來就不吝嗇對彼此說出想念和愛意。但是現在，這話聽在葉蓉萱耳裡，就像是一把把匕首，在她的胸口戳刺。

「我也想你啊。」葉蓉萱說。這是她近來連篇的謊言中，少數是事實的話。

她好想念鄭宇廷，想念踏錯第一步以前的自己。但是現在她已經回不去了。

這天晚上，當她和程文馨一起躺在床上時，程文馨翻過身來，面對著她。

「蓉萱。」

「嗯？」

「妳打算要怎麼辦呢？」

昏暗中，葉蓉萱只能勉強看見程文馨的臉頰輪廓。她忍不住哼笑一聲。

「妳說哪一件事？」

「妳跟妳男友。」程文馨輕聲說。

「我會跟他分手。」

這件事已經在她的腦子裡盤旋了好一陣子，但是當她說出這幾個字時，她才真正體會到它的重量。在那一瞬間，她沒有辦法呼吸。

「真的嗎？」程文馨說。「妳捨得嗎？」

「我沒有選擇。」葉蓉萱回答。

程文馨沉默了一會。

然後她說：「老師，我會退出的。你們不要分手。」

不知為何，這句話讓葉蓉萱「哈」地一聲笑了出來。程文馨對她告白、介入她的生活、最後爬上了她的床，怎麼會是她退出就能解決的？這算什麼？

而更糟糕的是，如果不是葉蓉萱的允許，程文馨又怎麼有辦法讓她的一切都天翻地覆？

「不。」葉蓉萱說。「是我選擇要對他說謊的。就算妳退出，我也不可能繼續和他在一起了。」

程文馨沉默了下來。

房間裡一片寂靜，只有兩人起伏的呼吸聲。

儘管在黑暗中，葉蓉萱睜著眼，依然可以看見程文馨盯著她看的模樣。

她已經不止一次質問自己，這樣值得嗎？為了這個小女孩，親手毀滅她和鄭宇廷三年的感情。值得嗎？

理性上，她知道不值得。她知道，她總有一天會後悔的。靠，她現在就已經後悔了。

但是感情呢？

她不知道她對程文馨的感覺，除了師生和朋友之外，還有什麼別的。一開始，她還可以明確區分出關懷和憐惜，但是後來，她就再也分不清了。

葉蓉萱幻想過許多和鄭宇廷的未來。和程文馨，她什麼也沒想過。

她和程文馨，擁有的只有現在。她甚至說不上來，她們究竟擁有什麼。

她想著程文馨的那股熱情，那股衝勁。或許吧，這就是她放不下程文馨的原因。她那種一往直前的勇氣，是葉蓉萱自己在十七歲時，沒有、也不敢有的東西。

她和鄭宇廷是兩個獨立的個體，各自在這個世界上存在著。但是她覺得，程文馨就是一部分的她，是她想要成為、但是從來沒有成為過的那個她。

她從來沒有想過，一個人真的有可能同時在心中裝下兩個人。而她討厭這其中的每一分、每一秒。

程文馨的身子，朝她的方向挪動了一點，把額頭抵在她的額頭上。

「老師，妳等我。」程文馨說。「我很快就會畢業了。」

然後呢？

葉蓉萱搖了搖頭。

才十七歲的孩子，跟她談什麼承諾？她不想要這個承諾。她和鄭宇廷曾經這麼接近他們許下的願望，但她愚蠢的錯誤卻毀了一切。那麼，她和程文馨還有什麼可以期待的？

「睡吧。」葉蓉萱說。

她伸出一隻手，輕撫著程文馨的臉頰。

程文馨的眼睛，反射著窗外透進來的一點點路燈光線。女孩的鼻息離她好近。現在，葉蓉萱需要的不是未來，而是今晚能夠給她溫暖的、在她床上的這具身體。

她閉上眼，讓程文馨吻上她的嘴唇。

在吻和吻之間，程文馨貼著她的唇，低聲呢喃著「對不起」。葉蓉萱只是假裝沒有聽到。

*

週末的時間彷彿一轉眼就過了。葉蓉萱覺得自己什麼都還沒有準備好。

當鄭宇廷打電話來的時候，葉蓉萱以朋友在洗澡為由，拒絕了他想和對方打招呼的要求。說出這句話時，她只覺得麻痺。

她再次告訴自己，她需要解決的是眼前立即的問題。

例如，讓程文馨回家這件事。

她不可能在這裡躲太久的。她必須回家。

或許一開始的強烈情緒已經過去，當葉蓉萱再和程文馨提起這件事時，程文馨的態度，已經不像先前那麼強硬。

「回去吧，文馨。」葉蓉萱說。「不管怎麼樣，妳最後都得和他們溝通的。」

她們坐在內湖的一間咖啡廳裡，正共吃著一塊香蕉布朗尼。

今晚，星光依然燦爛

小小的公寓令葉蓉萱感到窒息，因此星期六下午，她便說什麼都要出去外面走走。她們搭著捷運在台北漫無目的地移動，直到來到南京復興站時，葉蓉萱才終於決定往內湖前進。

那裡有一間她大學時代熱愛的咖啡廳，但是平常總是人滿為患。葉蓉萱還記得，大學時，如果她不是在早上剛開店就入座，她通常都得候位半小時以上。

今天，或許是上天決定放過葉蓉萱瀕臨崩潰邊緣的心靈，當她們走到咖啡廳的玻璃門前，裡頭的客人，居然還沒有把一樓坐滿。

程文馨咬著叉子，雖然沒有回答，但也沒有一口回絕。

「妳想，這樣妳能躲到什麼時候？」葉蓉萱說。

今天的程文馨戴著一頂棒球帽，遮住一頭亂糟糟的頭髮，還有大半張臉。她看起來就是一個美麗的青少女——如果換作任何其他身分，葉蓉萱都無比樂意和她做朋友。

如果她們兩人都單身，如果她們的關係不是師生，葉蓉萱或許也不介意和她在一起。

這種感覺很奇怪。在她尋找異性的擇偶標準中，她在意的事情實在太多了：對方的工作是否和她的能夠共存，對方的家庭背景是否符合她的期待，他們對未來的目標是否一致。

但是面對眼前這個女孩，葉蓉萱卻覺得，所有的外在條件，好像都是多餘的。她不需要考慮那些複雜的條件，她只需要知道對方喜歡她、她也喜歡對方，她們就能在一起。

葉蓉萱強迫自己就此打住。

程文馨才高二。而她是初出茅廬的新任教師。她們之間不存在這種可能性。

「我只是，不想和他們說那麼多。」程文馨用叉子撥弄著盤子裡的蛋糕屑，低聲說。「他們不了解我，他們從來沒有想要花時間了解我。現在我都已經高二了，我也不想要了。」

「那為什麼，不能從現在開始呢？」葉蓉萱問。

「因為很麻煩。」程文馨抬起頭。「妳不認識我爸媽。他們就是那種事業有成的大人，妳知道嗎？他們覺得，給了我錢，我就可以自己長大了。」

葉蓉萱想了一下。她確實是不懂。她的家是最普通的那種家庭，不算特別富裕，也不貧窮。她和爸媽感情不差，至少不像是文馨這樣。

「也許他們，也只是不知道要怎麼和妳說話呢？」葉蓉萱說。

程文馨聳了聳肩。

葉蓉萱知道，接下來的話，她得說得很小心。「如果可以的話，妳要不要給他們一次機會？」她問。「也許妳不需要抱持太多的期待。妳只要告訴他們，妳希望他們能多給妳一點關注，這樣妳也更願意分享？」

「我不想。」程文馨的眉頭緊蹙。「為什麼不是他們自己發現這件事？我是他們的小孩。為什麼是要我去提醒他們？」

葉蓉萱沉默下來。是的，她憑什麼要求文馨自己踏出這一步？這對程文馨本來就不公平。她得換一個說法。

於是她說：「那，如果妳當作是為了我呢？」她不喜歡這種說話的方式，好像她在拿自己的好感作為要脅。但是這都是為了文馨好。「為了讓我放心，妳就好好回家。」

程文馨撇下嘴角，抬起眼看著她。

「妳不需要和他們和好。」葉蓉萱向她保證道。「妳只要乖乖待在家裡，讓我知道妳安全，這樣就好。」

「但是……」程文馨張開嘴，又硬生生閉上。她沒有把話說完，但是她的眼神，已經透露出一切了。

如果她答應回家，她就沒有辦法繼續來葉蓉萱這裡了。

「妳還是可以來找我呀。」葉蓉萱試著露出笑容。「妳可以到辦公室來，或是到我家……只是妳要早一點回家而已。」

只不過，到時候，就算程文馨離開，葉蓉萱也不會再和鄭宇廷講電話了。想到鄭宇廷的名字，就讓她的胸腔一陣刺痛。

天啊，如果可以，她真不想和鄭宇廷提分手。

他們雙方的家人會怎麼說？他們的共同朋友會怎麼說？

每個人都在期待他們步入禮堂，誰會想得到，他們分手的原因竟然會是葉蓉萱出軌。她無法想像他們的表情；當他們知道事情的來龍去脈時，他們會用什麼眼光看待她？

一個嘲諷的聲音在她腦中響起。也許，她在收下程文馨的禮物之前，就應該要先考慮到這一點了。

現在想這個，已經太遲了。

或許葉蓉萱的說法，終於動搖了程文馨的內心。她咬著嘴唇，垂下視線，盯著自己的水杯。然後她賭氣地把叉子重重擺在餐盤邊緣，發出了清脆的匡噹聲。

「好吧。」她對上葉蓉萱的視線。「如果這樣會讓妳比較好受，那我就回家。」

「好。」葉蓉萱說。「這樣我會放心很多，文馨。至少，讓我少一件需要擔心的事。」她伸出一隻手，平放在桌面上。

程文馨的眉頭抽動了一下，神情一瞬間變得哀傷。她知道葉蓉萱這麼說是什麼意思。

葉蓉萱在她開口之前阻止了她。「不要道歉。」她低聲說。「妳已經道歉過很多次了。」

她不需要程文馨一直提醒她，一切都已經毀了的事實。

「好。」程文馨說。「老師，妳不要擔心。我星期一放學之後就回家。」

葉蓉萱露出淺淺的微笑，點了點頭。

在那之後，她就可以專心地焦慮自己準備提分手的事了。她希望這個過程不要太漫長。

她的腸胃再度翻攪起來，她甚至可以在嘴裡嚐到胃酸的味道。這幾天，這感覺已經變得越來越熟悉了。

第十五章　她從頭到尾都沒有喜歡過我——

程文馨自己也很清楚，她不可能不回家的。她只是不知道自己該預期些什麼。

過去幾天，她爸媽並沒有再繼續追著她打電話，也沒有跑到學校來給所有人難堪。但是她總覺得，他們不可能就這樣讓事情過去。

星期一一整天，程文馨都覺得腸胃打了一個結。她一點胃口也沒有，沒有辦法專心上課，當她在英文課見到蓉萱時，她真想告訴她，她後悔了、她不要回去。

她要怎麼和爸媽說？他們會把她怎麼樣？

她不想要面對這件事。

放學後，她難得一天沒有去辦公室找葉蓉萱，而是直接回到家附近。她在一間便利商店的座位區裡坐了好一陣子，直到她把數學課的練習卷都做完了，她才終於下定決心，回到她家的那棟大樓裡。

當她打開門時，家裡依然一個人也沒有。客廳中，只有邊桌上的小燈亮著，整個空間瀰漫著一股涼意，就連她穿著厚重的外套和毛衣，也覺得皮膚一陣冰冷。

雖然她爸媽在乎她夜不歸宿，但是那僅限於他們在家的時候。他們只是要文馨待在他們眼鼻之下罷了——只要他們出門在外，他們就像是忘記自己還有身為父母的身分一樣。

簡直就是荒唐。

程文馨推開自己房間的門，把行李袋丟在床尾，打開電暖器。然後她脫下制服，穿上寬鬆的居家服。

她在床上躺下，倒在沒有鋪好的棉被上，等著她爸媽回來。

「老師，我好緊張。」程文馨拿起手機，傳了一則訊息給葉蓉萱。「如果他們把我禁足怎麼辦？」

雖然她覺得可能性不大；她不相信他們會為了盯住她，放棄在外面和客戶見面、或是和同事出去喝酒應酬的機會。

葉蓉萱的回覆立刻就出現了。「那我就輕鬆了。」葉蓉萱寫道，並在結尾處附上一個眨眼的表符。

儘管情緒緊繃，程文馨還是忍不住笑了出來。

如果她沒有把葉蓉萱害得這麼慘就好了。如果她們的關係不是師生就好了。她好想只是單純地和蓉萱聊天、和她開玩笑。噢，她想要和葉蓉萱一起做的事實在太多了。

如果葉蓉萱真的和男友分手，那麼程文馨會有那麼一點機會嗎？等到她畢業、等她上了大學，葉蓉萱還會有那麼多顧慮嗎？

哪怕只是短暫的幾個月，她都想要以女友的身分，和葉蓉萱相處。葉蓉萱有和她同樣的感覺嗎？

她好想問，但是她知道她太貪心了；她知道現在不是時候。

當程文馨聽見客廳的大門被人打開時，她便不由得屏住呼吸。

她放下手機，從床上坐起身，等著他們到房間來找她。房門外，很快就傳來了兩人不同步的腳步聲。

「文文，妳回來了嗎？」媽媽的聲音先傳門內，然後便是門把轉動的喀嚓聲。

「對。」程文馨說。

她抬起眼，便看見她爸媽走了進來。

他們兩人依然穿著正式的套裝和輕便西裝，看起來就像是電視上會看見的成功商務人士。他們確實很成功——只是他們沒有辦法當一對好父母。

爸爸伸手拉開了領帶。媽媽在他身後一步遠的地方站著，沉默地看著程文馨。

不知為何，程文馨突然感覺，事情和她預期的，似乎不太一樣。

「說吧。妳這幾天，到底去哪裡了？」爸爸的聲音冷冷地問道。

他的臉色鐵青，一點都不像是看見女兒回家後會有的表情。

程文馨皺起眉。「我在老師家。」她說。「老師不是有跟你說嗎？」

「妳以為我會相信嗎？」爸爸說。「我只是不想要事情鬧大而已，妳懂不懂？」

程文馨瞪視著他，腦子裡一片空白。他在說什麼？這和程文馨以為的場面完全不一樣。她以為她爸媽會因為她終於回家而放下心下來，而他們可以暫時和平共處。在她的想像中，她的父母會對她保持有點生疏、但是還算友善的距離，他們可以井水不犯河水，至少讓她不再有那麼想逃走的衝動。

而不是像現在這樣，彷彿在審問犯人般地緊盯著她。

一股惱怒的感覺在她的心底翻騰。她今天一整天所累積起來的緊張感，突然全都化作怒火，而她沒有辦法阻止自己脫口而出：「我真的在英文老師家。你不信就算了。」

爸爸嗤之以鼻。「我是不信。」他說。「哪一個老師會讓學生在她家住這麼多天？她自己沒有家人嗎？她沒有自己的生活要過嗎？」

「就是有。」程文馨回嘴。「至少她比你們還要在乎我。」

她看見爸爸的下顎動了動，手臂從身側微微抬起。程文馨弓起肩膀，準備再度迎接爸爸的巴掌。

「老公。」媽媽在他身後說。

但是爸爸並沒有打她。他只是走上前來，彎下身，抓起程文馨丟在床上的手機。

程文馨覺得渾身的血液一涼。她從床上跳了起來，往爸爸的方向撲去。

「你要幹嘛！還給我！」她大喊。

她的腳在打了蠟的實木地板上一滑，使她重重摔倒在地上。劇痛從她的膝蓋處傳來，程文馨只覺得視線突然變得模糊，連話也說不出來。

「文文。」

比起聽見媽媽的聲音，程文馨是直接感覺到媽媽的手搭在她身上，才發現媽媽正蹲在她身邊，想要把她從地上攙扶起來。

但是程文馨暫時站不起來。她的右腿好像失去了支撐身體的能力。她只能半跪在地上，連呼吸都感到痛苦不已。

不能拿她的手機。如果爸爸看到她的聊天視窗，他就會知道——

她試著回想她和葉蓉萱的對話都寫了些什麼。她有提到任何自己喜歡老師的話嗎？她有寫到任何會出賣她們之間關係的內容嗎？

但是她一時之間，什麼都想不起來了。

如果她有設定Line的密碼就好了。這樣她爸爸就算想看，也看不見那些訊息。

但是誰知道呢？當她和葉蓉萱互加好友時，她怎麼會想到有這一天？

「我要看看，妳這段時間都在哪個亂七八糟的男生家鬼混。」爸爸的聲音從很遠的地方傳來。

然後房間裡陷入一陣死寂。只有爸爸沉重的呼吸聲，還有程文馨自己短而急促的氣息。媽媽的鼻息打在她的頭髮上，卻只讓程文馨感到煩躁不已。

她緩緩抬起頭，看著爸爸的手指滑過她的螢幕。她看見爸爸的雙眼倏地大睜，好像不敢相信自己眼前所見的東西。然後爸爸的臉色，以程文馨這輩子見過最豐富的方式變化了一圈：從紅潤變得慘白，再變成蕃茄一般的通紅，然後是彷彿快要中風的紫紅色。

「程文馨。」當爸爸開口時，他的聲音意外地冷靜。但這卻更令程文馨感到不寒而慄。「這是什麼東西？」

他把手機轉過來，塞到她的面前。

螢幕上，是她和葉蓉萱的其中一段對話。那是她在葉蓉萱家過夜前的事——有一天早上，她起床後，便傳了一則訊息給蓉萱。「我昨天晚上夢到妳了耶。」

「夢到什麼呀？」

「我夢到我們去六福村玩。」程文馨的訊息這樣寫道。「而且妳穿得超可愛的。」

「果然是做夢啊。」

「哪有。」程文馨寫著。「妳平常上課，也都穿得很可愛啊。」

「妳上課要專心一點喔。」

「我最專心了好嗎？」程文馨說。「我最喜歡老師了。」在這之後，她還附上了一個親吻的兔子貼圖。

「老師，我們之後也去六福村約會好不好？」

「妳還是做夢就好囉。」葉蓉萱回覆道。

當時，她只是想像著葉蓉萱可能會露出的難為情模樣，還自顧自地開心了好久。

現在，這段對話，只讓程文馨感到窒息。

她的爸爸不是白痴。不管他想要說什麼，程文馨的否認都已經失去意義了。

「你覺得那是什麼？」程文馨的心臟怦怦狂跳。她不知道自己還能怎麼樣。道歉嗎？反抗嗎？還是拔腿就跑？

「文文。」媽媽的聲音從臉頰旁邊傳來。

程文馨轉過頭，看見媽媽正瞪大雙眼，不可置信地看著她。她的眼中，寫著一種近似於恐懼的情緒。

「妳在……和老師談戀愛嗎？」媽媽的聲音有點顫抖。

她在和老師談戀愛嗎？

她算是嗎？

程文馨猶豫了一秒。她不該猶豫的。

爸爸把她的手機重重摔在地上，發出可怕的碎裂聲響。但是程文馨來不及檢查，她的手機損毀到什麼地步。

因為下一刻，在媽媽的驚叫聲中，她的手臂就被爸爸緊抓在手心，將她從地上一把拉了起來。

一個重重的巴掌將她搧得向後倒去。程文馨跌坐在床上，只覺得一陣頭昏腦脹。她的大腦好像往頭殼的某一側擠了過去，令她的頭隱隱作痛起來。

她的左邊臉頰沒有任何感覺，好像去看牙醫時，剛打完麻醉那樣。

「我讓妳去學校上課，不是讓妳去搞師生戀的。」爸爸的吼聲震耳欲聾，在程文馨暈眩的腦中迴盪。「我讓妳去唸實驗學校，不是讓妳去當同性戀的。」

「讓」她去？她考上這間學校，可不是爸爸「讓」她考上的。那是她國三一整年，被爸媽塞在全科補習班裡，每天除了唸書之外什麼也不能做，耗盡了她的心神才考上的。

這時候，就又都成了他的功勞了？

但是程文馨沒有回嘴。她的嘴唇像是被什麼東西黏住了，她沒有辦法說話。

「文文。」媽媽跪在她面前的地上，雙手抓著她的手臂。「妳告訴媽媽，老師有對妳做什麼嗎？」

程文馨不確定她是什麼意思。

媽媽難道沒有看清楚那段對話嗎？是她喜歡老師啊。為什麼會是老師對她做了什麼？

「這個賤女人。」爸爸說。「我打過去的時候，她還說文文在她那裡很安全。原來是個騙子。」

什麼？

媽媽的雙眼來回在她臉上搜尋，但是程文馨只是麻木地看著她。

「文文，妳老實說。」媽媽的聲音，聽起來就像是在哽咽。「老師有勉強妳做過什麼事嗎？」

程文馨緩緩搖了一下頭。

他們為什麼要這麼問？

「不敢相信，真的是不敢相信。」爸爸說。「前三志願個屁——居然會在學校發生這種事。這個老師給我試試看。我要是不把她從這所學校弄走，我就去跟她姓。」

這句話就像是一道電流，從程文馨的心臟中竄過。她的胸口一陣收縮，她突然倒抽了一口氣，回過神來。

「不是……不是她的錯。」程文馨開口。她的聲音沙啞得幾乎沒辦法聽見。

爸爸的眼神，令她渾身顫抖不已。

她不知道爸爸究竟有多大的能力、或是多大的權力，能對葉蓉萱造成實際的傷害。他想要對葉蓉萱做什麼？

「妳不要幫她說話了，文文。」媽媽抓著她手臂的力道，使她疼痛不已，但是不知為何，她卻甩不開。「如果是她強迫妳……強迫妳和她做了什麼事……」

「沒有，沒有。」程文馨搖著頭。「不是她，是我自己喜歡上她的。老師沒有對我怎麼樣，她從頭到尾都沒有喜歡過我，而且她有男朋友——」

她的聲音破碎了。斗大的淚水從她的眼角溢出，一滴滴落在她的大腿上。說出這段話，讓她的心臟疼痛得像是被什麼東西刺穿。

或許這才是事實。或許葉蓉萱真的從來沒有對她產生任何感情。

從頭到尾都是她的一廂情願而已。然而她自以為是的感情，現在就要毀了葉蓉萱的一切。

全部都是她的錯。

「聽妳在放屁。」爸爸嘶聲說道。「妳覺得我瞎了嗎？我從那裡面還看不出來嗎？」他伸手指著躺在地上的手機。

「不是，不是。她沒有。」程文馨眼前一片模糊。她只是不斷地說道：「是我喜歡老師，是我自己一直跑去找她……她沒有喜歡我。是我……是我喜歡她。」

「這種搞同性戀的，根本就不配當老師。」爸爸說。「居然還敢對學生出手。她是當老師當膩了吧。」

「文文。沒有關係。」媽媽說。「我們會去處理的。我們會把這件事處理好的。」

處理？他們要處理什麼？

程文馨咬著牙，抬眼望向媽媽的方向。「你們以前從來沒有管過我的事。」她苦澀地說。「你們現在怎麼就要管了？」

爸爸歇斯底里地笑了一聲，但是聽起來更像是某種生物的吠叫。「妳現在搞出這種事，妳覺得我們還能不管？」

「哪種事？」程文馨回嘴。她腫脹發燙的臉頰，以及無法抑制的啜泣，使她有點口齒不清。「同性戀又怎麼樣？至少女生不會搞大別人的肚子。」

這句話令媽媽倒抽一口氣。「文文……」她聽起來驚恐不已。「妳和她做了什麼？」

「妳給我等著。」爸爸伸出一隻手指著她。「我明天就去你們學校。我看他們還想要怎麼樣包庇這種骯髒事。」

程文馨抬起頭，儘管她看不清爸爸的臉，但她希望自己的眼神有傳達出，正源源不絕地從她心底湧出的恨意。

等她的爸媽走出房間，把她的房門甩上後，程文馨就像是瞬間被抽乾了所有的力氣，向後癱倒在床墊上。

她的眼淚還流個不停，但是她已經不再抽泣了。她只是靜靜地躺在那裡，任由淚水流過她的臉頰、耳廓，然後被棉被給吸收。

不知為何，她總覺得，天花板好像正在往她的方向壓過來。

但是她一點也不想反抗。就讓它把她壓扁、碾碎好了。

她模糊地意識到，她應該要傳給訊息給葉蓉萱，告訴她一切都毀了、提醒她小心她爸爸。可是她說了之後，葉蓉萱又能怎麼樣？

葉蓉萱已經聽夠她的道歉了。

那天晚上，程文馨昏沉地睡去，連房間的燈也沒關。

她做了一個夢，在一片漆黑的空間中，只有她一個人。她可以清楚感覺到自己的心臟在跳動，而四周的黑暗無邊無際，不論她往哪裡去，她什麼也看不到、什麼也碰不著。

第十六章　妳愛她嗎？

這是好一陣子以來，葉蓉萱第一次不必七點前起床。

因為學校通知她，請她暫時不用去學校上課了。

但葉蓉萱的生理時鐘，還是在六點半的時候，就把她從睡夢中喚醒。當她睜開眼睛的那一刻，她的身體還是本能地想要從床上跳起來，為出門上班做準備。

然後現實才緩緩地在她腦中沉澱。

對，她不用準備上班。學校叫她暫時先休息一段時間。

雖然經過了將近一天的時間，葉蓉萱發現，她的大腦還是難以把這個事實內化。直到現在，她還是覺得，這整件事都像是發生在另一個人身上，而她只是一個冷淡的旁觀者。

就好像她睡醒了覺，卻發現自己只是進入了另一場夢境。

如果這真的只是一場夢就好了。

葉蓉萱艱難地翻過身，她的四肢因為僵硬的睡姿而痠痛不已，她的臉頰因為乾涸的淚水而緊綳。她的眼皮腫脹刺痛，使她就連看手機也感覺苦不堪言。

她的手機螢幕上只有一則來自鄭宇廷的訊息。程文馨沒有傳訊息給她。自從她回家後，葉蓉萱就沒有再得到任何關於她的消息。昨天在學校，在她被教評會通知，請她先回家休息之前，她也沒有見到程文馨。她傳了訊息，問她回家後還好嗎，但程文馨沒有回覆她，連已讀也沒有。

鄭宇廷的訊息一如往常地溫和。「寶貝還好嗎？」就是這樣一句簡單的問候，但是葉蓉萱無法回覆。

昨天晚上，葉蓉萱沒有接鄭宇廷打來的電話。不是她不想接，而是她沒辦法接。她哭得聲嘶力竭，連眼睛也睜不開。她只是躺在床上，把棉被捲成一團，緊緊抱在懷中，將眼淚全部哭進了布料裡。

教評會的通知，一開始是讓她震驚，她第一時間甚至沒有反應過來，為什麼他們要這樣對她說。辦公室裡的其他老師，也一個個都感到好奇不已，紛紛朝她的方向看過來。

「蓉萱，怎麼了啊？」在她隔壁座位的老師低聲問她。

葉蓉萱只能勉強擠出一個微笑。「我也不知道欸。」她說。「可能學校行政上有什麼問題吧。」

隔壁的老師顯然不買她的帳，狐疑地打量著她。

葉蓉萱的視線，落在她桌面的那一疊教材和教甄的參考書上。她的人生過去六七年中，所有努力的目標都在這裡。但是就這麼短短的幾分鐘時間，那些東西，好像全都化成了灰燼。

她當然知道教評會為什麼會來找她。就算當著辦公室裡其他老師的面，他沒有說出任何細節，但是葉蓉萱自己心裡有數。一定和程文馨的事有關。她只是不確定究竟是為什麼。

過不了多久，學校的公文就送到她桌上了。當她看到「性別平等委員會」和「調查」幾個字時，她就知道了。程文馨回家後，她的爸媽一定是得知她們倆人的關係，現在要求學校處理了。

接著出現在葉蓉萱心中的，是滿滿的羞恥感。

但是她要怎麼和任何人啟齒？這一段時間中，葉蓉萱甚至沒有和她的朋友們聯絡。在罪惡感和羞愧感的雙重壓力下，葉蓉萱沒有告訴任何人自己和學生發生的事。

她和鄭宇廷的共同朋友太多了；鄭宇廷對她的好，就算是她自己的朋友也有目共睹。她不用說，就知道她的朋友們會給她什麼回應。她不需要更多人告訴她自己做錯了多少事。她已經給自己足夠多的責備了。

現在她要做的，只是承擔起後果。

她不知道學校那裡知道了多少，甚至不知道具體的情況究竟如何，但是她知道程文馨的家境富裕，而看學校這麼積極地要請她暫時離開的作法，她相信程文馨的爸爸對學校施加了不少壓力。

因此，葉蓉萱知道，她的麻煩大了。

於是葉蓉萱在所有人懷疑的目光下，將她的個人物品收拾好，然後離開了學校。

她才進這間學校不到一個學期，就發生了這樣的事——就算最後調查結果，沒有辦法證明她有傷害程文馨的事實，其他老師也會知道的。

她和程文馨同進同出的時間實在太多，辦公室裡的其他英文老師也都有看到。她根本沒有辦法否認。

於是葉蓉萱無所事事地在台北市區裡遊蕩了一整個下午。早就超過了晚餐時間，但是她一點胃口也沒有。她只是頂著一張哭花的臉，悲慘得就連路人也不敢靠近。直到天色暗下時，她才回到自己的小套房。

睡了一覺後的現在，葉蓉萱終於不再哭泣了。

現在，看著鄭宇廷的訊息，她有點麻痺地想，或許停職這件事，倒是幫了她一個大忙。

她這幾天一直在想著，要怎麼和鄭宇廷提起分手的事。現在，她反而有了一個好藉口。她不知道這是怎麼回事，但當她腦中終於有了明確的對話時，她卻出奇地覺得鬆了一口氣。

她知道要怎麼回覆鄭宇廷了。

葉蓉萱點開男友的對話視窗，顫抖的手指打出一句話。

「我有重要的事要跟你說。」她寫道。「你今天要加班嗎？」

*

葉蓉萱和鄭宇廷約在新竹高鐵站裡。她猜，聰明如鄭宇廷，光是看到他們約見面的地點，就應該可以猜到是什麼事了。

這樣也好，這樣就省去了最艱難的開場白。

當她抵達高鐵站內的星巴克時，整個車站裡充斥著滿滿的人潮。和鄭宇廷遠距離的這段時間中，她自己下來新竹的次數屈指可數。鄭宇廷總是說他上台北找她就好，因為他們在新竹真的沒什麼事可做。

現在她覺得幸好，她對新竹沒有什麼特別的回憶。在這裡談分手，對她來說，會減緩不少痛苦。

她在櫃檯點了一杯熱的花草茶，然後拿著飲料，在最靠近大片落地窗的桌子旁坐下。她解開圍巾和外套，捧著燙手的紙杯，閉上眼睛。

「嘿。」鄭宇廷熟悉的聲音，從頭頂上傳來。

葉蓉萱抬起眼，看向男友。

鄭宇廷穿著厚重的羽絨外套和西裝褲，一手拎著他的安全帽。他的眼神靜默得令葉蓉萱心痛。他的嘴唇抿成一條細線，雙眼緩緩地掃過葉蓉萱的臉。

葉蓉萱勉強勾了勾嘴角。「嘿。」

「妳今天沒上課嗎？」鄭宇廷問。

「沒有。」葉蓉萱說。「你要喝什麼嗎？」

鄭宇廷搖了搖頭，拉開外套的拉鍊，在她對面坐下。喀的一聲，他把安全帽放在桌面下，兩人雙腳之間的空位。

他的眼神一如往常地認真，直直望著葉蓉萱。

葉蓉萱吐出一口氣，卻發現自己已經開始顫抖了。

「我今天沒有去上課。因為……我被學校停職了。」

鄭宇廷眨了眨眼，明顯地一愣。這顯然和他以為的對話走向不太一樣。

「停職？」鄭宇廷緩緩地重複了一次。「為什麼？」

「我……」

葉蓉萱嚥了一口口水。她已經在腦子裡演練這個對話無數次，但直到現在真的要說出口了，她卻覺得有一塊東西梗在喉頭，令她無法出聲。她咬了咬嘴唇。

鄭宇廷默默地看著她，一手放在桌面上。她好想去握那隻手。但是她沒有。她知道她現在已經沒有資格這樣做了。

「我……我做錯了一件事。」葉蓉萱說。

鄭宇廷只是靜靜等著她說下去。

「我和我的一個學生上床了。」她說。「現在學校的性平會在調查這件事。」

這句話就像一把刀，將葉蓉萱的喉嚨割得疼痛不已。最痛苦的是，這其中的每一個字，都是事實。這一刻，葉蓉萱是真的後悔了。

她所做的事，她以為的對學生好、對學生關懷，全都是她自導自演的一齣爛戲。她只是找了一個藉口，將她一切劈腿的行為合理化罷了。

可是，她為什麼要這麼做？

她為什麼要拚命地逃避現實，只為了要讓自己有更多的理由，繼續維護她和程文馨那樣的關係？

有一個答案在她的心底蠢蠢欲動，威脅著要撕開她的偽裝。

但是葉蓉萱現在沒有時間細想。

在那個瞬間，鄭宇廷變得面無表情。好像所有的顏色、情緒，都從這個人的靈魂裡消失了似的。

葉蓉萱咬著嘴唇，等待鄭宇廷說話。如果他要罵她、要說她噁心，她會照單全收。

最後，鄭宇廷慢慢地開口了。

「是之前我們在市集上遇到的那個嗎？」他問。

葉蓉萱簡短地點了一下頭。「是。」

「她送妳的手鍊，妳還沒有還給她吧？」

葉蓉萱瑟縮了一下。鄭宇廷還是太瞭解她了。儘管她在出門前，也先拆下了那條手鍊，收在抽屜裡，但這已經不需要說謊了。

「還沒。」

鄭宇廷點點頭。

「我們出去的時候，傳訊息給妳的，也是她嗎？」

葉蓉萱回想著程文馨傳給她的那些生活照片，還有一來一往的閒聊訊息。如果看了她們的對話，任何人都會相信她們的關係匪淺。

如果性平會的人看見了……她不只不必再去這間學校教書。她的教職生涯已經可以算是結束了。

但這都是她自己一手造成的。她不可能不知道這其中的風險，對吧？

那麼，她為什麼還要用那些愚蠢的藉口，讓自己繼續下去呢？

「是。」葉蓉萱輕聲說。「都是她。」

「上星期，妳說在妳家過夜的朋友，其實也是，對不對？」

葉蓉萱點了點頭。她想，或許鄭宇廷自始至終都知道她的不對勁。他只是在等她給他一個提示、或是一個契機，好讓他能把這一切串連起來而已。

鄭宇廷再度點了點頭，他垂下視線，手指輕輕敲打著桌面。儘管他的表情平靜，但是葉蓉萱知道，這是鄭宇廷極度煩躁的時候，才會出現的動作。

葉蓉萱靜靜地等待著。她手中的紙杯還十分溫熱，但是她一點啜飲的慾望也沒有。她的腸胃緊縮在一起，準備迎接無可避免的後果。

最後，鄭宇廷呼出一口長氣。「難怪妳這段時間變得這麼奇怪。」他的嘴角勾起了一點弧度。「這樣就說得通了。」

葉蓉萱無法回答。她只覺得臉頰發燙，強烈的羞愧感將她整個人包裹住。她沒有什麼好辯解的。

鄭宇廷的視線回到她臉上。那雙眼睛仍然是她熟悉的模樣，但是裡頭承載的痛苦與失望，使葉蓉萱幾乎認不得。從他們兩人認識到現在，她從來沒有在他眼中見過這麼多的絕望。

她傷害了這個無比愛她、曾經打算要和她走完一輩子的男人。

沒有人可以抹去她所犯的錯。

「那……」鄭宇廷吐出一口氣。「妳現在打算怎麼樣呢？」

葉蓉萱抓緊了紙杯，感覺到手心出汗的黏膩。

說吧，就說吧。她這一趟下來，不就是為了說這幾個字的嗎？怎麼現在到了這一刻，她卻覺得那麼難以啟齒呢？

鄭宇廷只是直直望著她，動也不動。

「我們……分手吧。」

葉蓉萱覺得自己的胸口就像是被人挖去了一塊，她無法呼吸。她甚至沒辦法直視鄭宇廷的雙眼，否則她就會當場泣不成聲。

但是，不知為何，她突然覺得心頭少了一股重量，好像一個她就快要扛不住的重擔，就這樣憑空消失了。

是的，她已經在這個不上不下的狀態中停滯太久了。那些欺騙、那些糾結，在這句話之後，終於都可以畫下句點。

而這句話，就像是打開了一道鎖。葉蓉萱感覺心中有個什麼東西被放了出來，但是她還沒有辦法抓住它細細思索。

鄭宇廷沒有馬上回答她，但是他的臉色好像變白了一些。

「好吧。」鄭宇廷輕聲說。「那就這樣吧。」

葉蓉萱嚥了一口口水。鄭宇廷就是這樣的人，就算他一定還有話沒說完，就算他還有很多問題想問，但是現在，說這些都沒有意義了。

但是她寧可鄭宇廷對她大發雷霆。如果他臭罵她、指責她的不忠，盤踞在她胸口的罪惡感就會消失大半了。可是他憑什麼要幫她這個忙呢？

扛著這樣的罪惡感，就是對她的懲罰。她沒有任何怨言。

「好。」葉蓉萱沙啞地說。「對不起。都是我的錯。」

鄭宇廷輕輕笑了一聲。「這種話就不必再說了。沒差了。」

「我知道，我只是……」葉蓉萱頓了頓，嚥下喉頭的腫脹感。「是我對不起你的……」

「其實，我是有一個問題想問。」鄭宇廷說。

葉蓉萱點點頭。「什麼問題？」

「妳那個學生。」鄭宇廷說。「妳愛她嗎？」

這是整段對話下來，葉蓉萱第一次在他的聲音裡聽見鼻音。鄭宇廷的眼眶微微泛紅，眼神卻仍然直直地看著她。

而這個問題，就像是一股電流，通過了葉蓉萱的全身。

是的，這個問題，就是她這段時間以來，拚命在逃避的東西。她不斷地用各種理由、找各種藉口，都只是為了要能夠繼續把程文馨留在她身邊。

她並不是不知道這個問題的答案。

相反地，就是因為她早就知道這個答案了，她才不得不用許多其他東西來包裝、來隱藏她的感覺。否則，就連她自己也不能原諒自己。

從她開始產生這種感覺的時候，一切就注定要走向毀滅。而她沒有辦法面對。所以她一直逃、一直逃，直到現在，她再也沒有後路了。

但是面對眼前的鄭宇廷，她該說出真心話嗎？他們三年來的感情，最後若得到這樣一句回答，鄭宇廷該情何以堪？

鄭宇廷等待著。而葉蓉萱知道，她要是再不說話，答案也已經很明顯了。

她已經對他撒了太多的謊，而在他們這段感情的最後，他至少值得她說一次實話。

「我……喜歡她。」葉蓉萱說。「這我很確定。」

「愛」這個字，或許還太沉重了，她沒有辦法把它套用在她與程文馨的關係中。但是她深受這個女孩吸引。她想要保護她，想要填補她心中空洞。這個事實，她已經否認太久了。

鄭宇廷的嘴唇動了動，然後他輕輕嘆了一口氣。

「那就，祝福妳們吧。」鄭宇廷說。「然後，我們以後就不要再聯絡了。」

葉蓉萱的眼眶一陣刺痛。她張開嘴，卻一句話也說不出來。

一道淚水終於成功地擺脫了她的束縛，從眼角流下。那是愧疚、痛苦的淚水，卻同時又表示了她的解脫。

從此以後，沒有更多謊言了。

「好。」她顫抖地說。

「但是，妳的學生還未成年。」鄭宇廷說。「我不知道……反正，妳自己小心吧。」

葉蓉萱不禁微笑起來。他說得對，但是現在已經來不及了。

「我知道。」她用手背擦去眼淚，點點頭。

「那……」鄭宇廷垂下視線，好像突然不知道該怎麼結束這個對話。一會之後，他站起身，拿起放在腳邊的安全帽。「就這樣吧。我先走了。」

葉蓉萱看著他轉身。她好想要喊住他，但是她還有什麼話能說呢？
她只是坐在那裡，看著他消失在高鐵站的人潮之中。

第十七章　妳要問的，是女友才對吧

程文馨騎著車，往勤美綠園道的方向前進。距離上班時間還剩下半小時，她想要先去百貨公司的美食街吃點東西。

今天她的班從四點半開始，要一直到閉店時間。她午餐只吃了一個御飯糰和一顆茶葉蛋，下午的課上完，她已經餓得肚子咕嚕叫了。但是距離發薪日還有幾天，她想要省一點伙食費。

儘管經濟有點拮据，但直到現在，兩年多的時間過去，程文馨仍然覺得，來台中唸書是她人生中最正確的決定。

當初把這間學校填在志願表的第一位時，她爸媽差點掐死她。她的成績可以上北部好幾間優秀的國立大學，但是她打死也不要留在台北。最後，她選的是台中教育大學的英語學系。

高二的那個英文老師，雖然只教了她短短不到一學期的課，但她在程文馨的心中留下的痕跡，卻遠遠超越了幾個月的分量。

她的爸媽氣得直接斷了她的金援，但是程文馨一點也不在乎。高中畢業後，她有得是養活自己的方法。他們再也不能拿金錢當作手段控制她。

勤美誠品的打工，是她上了大三之後才找到的。在這裡打工的工時才符合她的期待——她希望工時能長一點、再長一點，這樣她才能多存到一點錢。

而且她喜歡誠品書店。她永遠都不會忘記，高二的時候，她和她喜歡的人一起去過一次誠品。而那段關係，就是從那一天才開始的。

直到現在，她都還記得葉蓉萱那天買的書。

只是現在這個回憶只能是回憶了。每當她回想起那段日子的時候，程文馨都會忍不住起一陣雞皮疙瘩，而那不只是出自於尷尬，更多的卻是罪惡感。

誰想得到，只不過是四年前的事，她現在卻會覺得當時的自己蠢到荒謬的地步？

「哈囉，文馨。」當她穿上誠品員工專屬的黑色背心，進到書店裡時，禮品區的正職員工，微笑地和她打了個招呼。「今天可能要麻煩妳支援一下收銀區喔。小婉臨時請假，收銀現在缺一個人。」

程文馨一邊動手把長長的金髮盤在腦後，一邊露齒一笑。

「好啊，沒問題。」她說。「那我現在就過去囉？」

「對，麻煩妳了。」正職拍拍她的肩膀。「今天晚上收銀超忙，他們會很感謝妳的。」

星期五的晚班，人潮已經洶湧了起來。程文馨拎著自己的水壺，快步往收銀台走去。

「不好意思，這邊可以結帳喔。」

程文馨一邊拿走櫃檯上擺的「暫停服務」標示，一邊舉起右手。長長的人龍終於開始移動起來。

「文馨！真是太好了。」在結帳之間的空檔，站在她旁邊的另一個收銀區工讀生，壓低聲音對她說道。「我剛才快要發瘋了。」

「怎樣？」程文馨笑了起來。

「結帳都快忙不過來，結果還遇到有人要來退貨。」工讀生哭喪著臉說。「然後呢，那位大姐還沒有帶發票。而且她吊牌已經剪了。我真的沒辦法欸。」

「沒事，我這不是來了嗎？」程文馨對她眨眨眼。「等一下遇到奧客，就全部交給妳啦。我可以幫妳把收銀顧好。」

工讀生低聲笑了出來。「妳好煩喔！」她邊說邊抱住程文馨的肩膀。「輕鬆的都給妳做就好啦。」

程文馨笑著摸摸女孩的頭頂，然後對下一名客人舉起手。

「結帳這邊請喔。」

獨自來了台中之後，程文馨才終於知道，她可以做的事有好多好多。她結交了新朋友，在她打工的地方也如魚得水。她的課業成績雖然不到名列前茅，但她也覺得自己沒有愧對她辛苦賺起來的學費。

她終於覺得自己像是一個真正的「人」，而不是在父母面前尋求關注的寵物。

儘管辛苦，但程文馨覺得她辛苦得很有成就感。

或許也是在這樣的過程中，她才突然覺得自己和高中時期一點也不一樣了。她到底怎麼會覺得她有資格對葉蓉萱做出那樣的事呢？她真的怎麼想也想不明白。

是她的幼稚和自大，才會讓她們現在變成陌生人。但她願意承受這個後果——她知道她毀了葉蓉萱當時的人生，而保持距離，是她唯一能做的補償。

收銀區的人潮，隨著夜色漸深而逐漸增加。程文馨熟練地替客人結帳，一一詢問他們的會員身分，以及付款方式。對她來說，這樣重複的動作，帶有某種令人安心的作用。

前一個客人離去後，另一個客人便走了上來。對方將一本書放在櫃台上。

「請問有會員嗎？」程文馨一如往常地問道。

「有。」女子的聲音說道。然後她報了一串電話號碼。

會員資料出現在POS機的螢幕上，程文馨瞥了一眼，對著客人說道：「請問是葉小姐嗎？」

對方沒有馬上回答，程文馨的視線便從收銀機上，轉向站在櫃台前的女子。

她還沒有看見對方的臉，她就先看到了女人拿著錢的手。那是一個太陽圖案的零錢包，真皮的表面用顏色鮮豔的繡線，繡出了一個民族風的太陽圖樣。

拿著錢包的那隻手腕上，戴著一條橘紅色的串珠手鍊。

程文馨的心臟突然重重一跳。

她抬起眼，看向手的主人。

周圍吵雜的商場，還有後方排隊的顧客們，彷彿在此刻全部消失了。現在，這裡只剩下她，還有眼前這個女人。這個即使已經從她的人生中消失了三、四年，仍然像不曾消失過的女人。

「蓉萱？」她聽見她的聲音問道，但她有點認不出那是她自己的嗓音。

葉蓉萱就站在她面前，如假包換。她的頭髮已經染回了黑色，身上穿著輕便的襯衫，一個大大的肩背包，掛在她的手肘上。

她的嘴角露出淺淺的微笑。「嗨。」

僅僅是這樣一個字，就足以讓程文馨的視線模糊了。

她做夢也不敢想像，葉蓉萱現在和她在同一個城市裡。她為什麼在這裡？她是來旅行的嗎？還是她現在住在台中？她現在還在當老師嗎？

台灣才這麼一點大，和人重逢或許也沒什麼好意外的，但是程文馨從來不敢奢望。如果和葉蓉萱斷絕聯絡是對她的懲罰，她已經學到教訓了。可是她從來沒有想過，如果她們再見面的話，她要做什麼、她「能」做什麼。

葉蓉萱會怎麼看她呢？她還想看到她嗎？

程文馨有太多問題想問，也有太多話想說了。她不知道現在她該從哪裡開口。然後時間的流逝再度回到她的意識中。空氣中鬧哄哄的氛圍，再度包裹住她。程文馨用手指快速按了一下眼角。

不行，她還在工作。她可不能耽誤收銀的速度。

「需要紙袋嗎？」她問。

「不用了，我直接拿。」葉蓉萱回答。

「好，沒問題。」程文馨說。「那麼今天的消費金額是二九九。請問用現金還是刷卡呢？」

「刷卡。」葉蓉萱說。她打開錢包，拿出一張信用卡。

程文馨的視線，跟著她手上的那條手鍊移動。

那條太陽石的手鍊。葉蓉萱到現在還戴著。

程文馨感覺一股呼吸梗在胸口，而她的眼睛有點刺痛。

「我也還戴著喔。」她脫口而出。當葉蓉萱把信用卡放在刷卡機上感應時，程文馨拉起了自己的白襯衫袖子。「妳看。」

自從她戴上了那條手鍊後，她就再也沒有拿下來過。她只是沒有想到，葉蓉萱居然還留著它。

葉蓉萱的眼神閃爍了一下。她點點頭，但是沒有說話。

程文馨把書本交給葉蓉萱。「謝謝妳。歡迎下次再度光臨。」

「謝謝。」

就在葉蓉萱把書本塞進包包裡，準備轉身走人時，程文馨開口叫住了她。「蓉萱。」

她不確定自己是哪來的勇氣，但是她很清楚一件事：如果她這次再讓葉蓉萱不聲不響地離開，她會後悔一輩子的。

或許是想要道歉，或許是想要再多看葉蓉萱幾眼。程文馨自己暫時也搞不清楚。她直直望向站在那裡的女子。

葉蓉萱看了她一眼。

「等我下班好嗎。」程文馨說。「我閉店完之後，去全家找妳。」

她知道她的要求有點過分了。她不確定葉蓉萱會不會答應。

葉蓉萱的眼神在她身上停留了兩秒，然後她對程文馨揮了揮手。

程文馨沒有機會看著她的背影離去，只能忙著為下一個客人結帳。

「那個女生是誰啊？」收銀區的工讀生壓低聲音問道。「妳以前的朋友嗎？」

「她喔。」程文馨想了一下，一邊動手替客人黏好紙袋上的貼紙。「謝謝光臨。」她說，然後她看向身邊的工讀生。「她是我的初戀情人。」

「啊？」工讀生愣了一下。她結完下個客人的帳，然後轉過頭來看向程文馨。「好好喔，真羨慕欸。」

「妳是羨慕她還是我？」程文馨歪著嘴一笑。

「她啊。」工讀生說。「可以跟妳談戀愛欸。」

程文馨「哈」地笑了一聲。「嗯，但我覺得，她應該不是這麼想的。」

她們那樣算談戀愛嗎？程文馨想，這更像是她一頭熱的單戀。

高二那一年，因為程文馨的喜歡，葉蓉萱和交往多年的男友分了手，也丟了工作。換做任何一個人，大概都不會想要再回憶起那段地獄般的時光了。

這也解釋了葉蓉萱離職後，為什麼不再回覆她的訊息。一開始程文馨沒有辦法理解，但是現在幾年過去了，她開始逐漸明白，葉蓉萱當時的處境。

而程文馨不怪她從此失聯。

她也不會怪葉蓉萱恨她。

但是啊，但是……

葉蓉萱還戴著那條太陽石的手鍊。

這應該代表了一點什麼，對吧？

過去這幾年，她以為自己早已掐熄的希望，再度在她的心底燃起。她的心跳開始怦怦加速。

她下班時，葉蓉萱真的會在便利商店裡等她嗎？

*

一走到便利商店的玻璃門外，程文馨就看見了女人的背影。

儘管葉蓉萱的髮型、髮色和服裝，都和記憶中的英文老師不一樣了，但程文馨還是一眼就認出了她。

真的和葉蓉萱見面後，她要和她說什麼呢？

今晚，星光依然燦爛

程文馨低頭看了一眼自己的手錶。時間已經逼近晚上十一點。葉蓉萱仍然在這裡等著她。這是不是意味著，葉蓉萱其實也想見她？

程文馨咬了咬牙，走上前，讓便利商店的自動門打開。

裡頭冰涼的冷氣立刻撲面而來，但程文馨的臉頰依然燥熱不已。

「蓉萱。」

一聽見她的聲音，這個名字的主人，便立刻轉過頭來。

「嗨。」

葉蓉萱從椅子上站起身，臉上的表情就和程文馨記憶中的一模一樣。她的眼睛睜得又圓又大，不知道究竟是驚嚇還是驚喜。

程文馨對她露出微笑。「嗯。妳要喝什麼嗎？」她說。「咖啡？還是什麼茶？」

雖然她在節省自己的伙食費，但她不在意請葉蓉萱一杯飲料。

「又要請客。」葉蓉萱笑了。「真是記不起教訓欸。」

明明只是一句玩笑話，但是程文馨突然覺得自己的鼻頭一酸。葉蓉萱還記得她們那時候的事——但這是好事嗎？

「我現在愛怎麼請就怎麼請。」程文馨挑眉。「錢是我自己賺的。」

葉蓉萱的嘴角動了動，看起來像是要說些什麼，但是又作罷。

為了避免控制不住自己的表情，程文馨快步往冰箱的方向走去。「老師要喝四季春嗎？」她說。「雖然只是寶特瓶裝的啦。」

「四季春好了。」葉蓉萱同意道。「不過，我現在不是老師了。」

「噢。」程文馨輕輕點了一下頭。

當時的事情，在學校裡鬧起了不小的風波。程文馨不確定，那件事究竟會對一名教師帶來什麼具體的懲處，但是她可以猜。

在她爸爸去學校告了狀之後，葉蓉萱就再也沒有回到學校了。程文馨當天被爸媽請了假，因此她甚至沒有機會和葉蓉萱見最後一面。

後來，她才知道，爸爸威脅學校的性平會和教評會給個說法，否則就要找市議員和媒體爆料。為了息事寧人，學校便決定犧牲葉蓉萱這名年輕的老師。不管訪談的過程中，程文馨如何堅持自己才是主動的那一方，學校都還是把矛頭指向了葉蓉萱。

他們班換了一個英文老師，而整件事就這樣悄悄落幕了。

但是程文馨知道，他們班上有些人在懷疑，她是不是和葉蓉萱有些什麼。這也難怪，因為葉蓉萱走後，程文馨都像是靈魂被人抽乾了似的。

有些人試著向她打探八卦，但是都被程文馨以過度激烈的反應給趕走了。時間久了之後，大家自然都有了自己的一套理論，不過再也沒有人拿這件事來煩過程文馨。

她當然也想知道葉蓉萱去了哪裡。

她試著傳訊息給葉蓉萱，甚至想過要跑去她的套房找她。但是她不敢，她怕葉蓉萱恨她。葉蓉萱回覆她的訊息也十分簡短，好像不願意和她有更多牽扯。

程文馨為了這件事，哭了幾個晚上。再後來，她也不傳訊息給蓉萱了。如果葉蓉萱需要和她保持距離，才有辦法從這件事的打擊中走出來，那麼至少她能做的，就是給她距離。

她們兩人的聊天視窗，就這樣逐漸下沉，被程文馨後來新認識的其他人所淹沒。

她不知道葉蓉萱後來的日子過得怎麼樣，也不知道她後來和男友分手了沒。她結婚了嗎？她是因為另一半才搬來台中的嗎？

現在，她們終於又見到面，程文馨卻不知道該從何問起。

程文馨拿著一瓶四季春，到櫃台結帳，又買了一杯自己的冰拿鐵。

「現在會喝咖啡囉。」兩人走出店外後，葉蓉萱看了她一眼，輕笑起來。「真的長大了。」

「我都二十啦。」程文馨咬著吸管回答。「而且我喝咖啡不會睡不著，所以我下班都會喝。」

「妳也染頭髮了。」葉蓉萱邊說，邊伸手摸了摸程文馨的後腦。

「對啊。」程文馨說。「妳覺得我金髮好看嗎？我同學都覺得我很囂張。」

「是很囂張。」葉蓉萱微笑。「但是很適合妳。妳現在看起來很成熟。」

程文馨笑了一聲。「這樣好像不算誇獎欸。」她對葉蓉萱揚了揚下巴。「蓉萱也染黑了。」

葉蓉萱的身形比她記憶中還要來得嬌小。她是不是又變得更瘦了？

「對。」葉蓉萱說。「我一離開學校之後就染了。」

程文馨理解地點點頭。她們當時，都需要一點改變。

她們穿過馬路，走上綠園道廣場。四周的光線昏暗，儘管大樓仍然有燈光，但是抬起頭，程文馨可以在房屋之間，看見點點星光。

今天的天空很晴朗。

雖然時間已晚，但廣場上仍然有不少人聚集。有幾個街頭藝人，在木棧道上唱著歌。程文馨和葉蓉萱並肩走著，她心中有好幾個問題不斷盤旋，卻無法決定要先問哪一個。

嚥下一口咖啡後，程文馨決定，先從比較遙遠的地方問起。

「所以，妳怎麼會來台中啊？」她問。「妳現在住在這裡嗎？」

葉蓉萱點點頭。「我是台中人。」她說。「後來不教書了，就沒有必要繼續留在台北。所以我就搬回來了。」

「所以……妳現在做什麼工作啊？」程文馨小心翼翼地問。「還和英文有關嗎？」

「算是吧。」葉蓉萱回答。「我現在在一家出版社做助理編輯。有時候會做到英文翻譯書。」

「編輯耶，好酷喔。」程文馨說。她可以想像葉蓉萱每天與書為伍的樣子；那感覺滿適合她的。

「一點都不酷。」葉蓉萱笑了。「我可是每天加班喔。假日還得把書帶回家看喔。根本等於沒有下班時間。」

「但妳感覺很快樂。」程文馨說。

這句話讓葉蓉萱頓了頓。「還行吧。」她緩緩地說。「不過，回家的感覺很好就是了。」

說完這句，葉蓉萱的視線便快速轉向程文馨的臉。

「妳現在，跟妳爸媽的關係還好嗎？」

程文馨聳聳肩。「就那樣囉。」她說。「我當初堅持要來台中，他們快要被我氣瘋了。所以我前兩年的過年都沒有回家。」

而且老實說，程文馨一點也不介意獨自一人待在台中。事實上，是搬來這裡之後，她才意識到，自己多麼不在意獨處。

以前在家，她總覺得孤單、覺得全世界好像只剩下她一人。現在，她有得選擇了之後，她才發現，她雖然喜歡和系上同學一起玩，但她更享受只剩下她一個人的時光。好像她割捨掉了自己對陪伴的期待，她才真正有了自由。

葉蓉萱的手輕輕搭上她的肩。

「辛苦了。」葉蓉萱輕柔地說。「在這裡唸書，還適應嗎？」

「不辛苦啊。」程文馨咧嘴一笑。「跟妳說，我現在就唸中教大。就在那裡。」她伸手比劃了一下。「騎車過來上班超快的。」

葉蓉萱的表情，看起來有些困擾，似乎不知道該對這番話做何感想。

「妳猜我現在唸什麼系？」程文馨對她眨眨眼。

面對葉蓉萱茫然的目光，程文馨嘿嘿笑了起來。「我現在唸英文系喔。」

「文馨……」葉蓉萱的眉頭微微蹙起。她垂下視線，然後再度看向她的臉。「是因為我的關係嗎？」

程文馨挑起眉。「什麼意思？」

「妳還記得，我跟妳說過，大學要選妳喜歡的科系來唸。」葉蓉萱說。「我不希望妳是受到我的影響……」

「妳想太多啦，蓉萱。」程文馨擺了擺手。她不會向她承認，她確實是因為她的關係，才開始對英文真正產生了興趣。「英文一直都是我最拿手的科目啊。我學測成績夠好，在校成績也夠好，所以我學測完就沒有再考了。」

葉蓉萱有點遲疑地點了一下頭。

「我只是想要離家遠一點而已。」程文馨說。「所以我當時也有在考慮高師大。不過最後還是選了台中。」

葉蓉萱的視線轉向遠處的樓房，沒有回話。

兩人繼續沿著步道緩緩向前走。剩下的問題，在程文馨的舌尖跳躍著，威脅著要衝口而出。但是她不確定自己該不該問。

最後，她的好奇心還是勝過了一切。

「蓉萱。」她瞥了葉蓉萱一眼。「妳……後來跟男友……」

她沒有把話說完，她也不需要說完。葉蓉萱知道她在說什麼。

「分手啦。」葉蓉萱的嘴角浮起一抹微笑，但是她看起來並不愉快。「我不是跟妳說過，我一定會跟他提分手的嗎？在那之後，我不可能跟他繼續在一起……」

程文馨壓抑住自己道歉的衝動。葉蓉萱也早就告訴她，她不需要再道歉了。

於是，她問了第二個她最在意的問題。

「那妳現在，有男友嗎？」程文馨的心臟，在胸腔裡怦怦跳著。

「沒有呀。」葉蓉萱對她微微一笑。「如果我有另一半，我就不會留下來等妳了。」

「對。好。」程文馨抬起手，搓了搓後頸。

「那妳呢？」葉蓉萱問。「上了大學，有沒有交男友？」

程文馨的嘴唇一歪。「妳該問的，是女友才對吧。」

在昏暗的路燈下，程文馨還是看得出來，葉蓉萱的臉微微泛紅了。

「是有幾個女生喜歡我啦。」程文馨說。「但是我沒有喜歡她們。」

她停下腳步，轉過身面向葉蓉萱。葉蓉萱抬起臉，眼神有點猶豫。但是她並沒有向後退開。

「蓉萱，這幾年，我還是一直很想妳。」她輕聲說。「妳都沒有回我的訊息。我以為……我以為妳不想要再和我聯絡了。」

「我……」葉蓉萱以肉眼可見的動作，嚥了一口口水。「我那時候，只是需要一點時間。我需要思考……」

「但是，妳後來也沒有再找我了。」程文馨說。

「我不敢啊。」葉蓉萱的嘴唇顫抖了起來。「我不敢。如果妳爸媽知道我還和妳聯絡，他們會怎麼樣？如果我影響到妳的課業，我要怎麼辦？」

程文馨點點頭。她知道葉蓉萱的顧慮。程文馨的視線下垂，看向葉蓉萱的手。她猶豫了一下，然後用空著的那隻手，試探性地碰了碰葉蓉萱的手指。

「我現在唸大學啦。我已經成年了。」她盯著葉蓉萱的雙眼。「我也沒有拿家裡的錢。現在，沒有人可以限制我了。」

葉蓉萱咬著嘴唇，沒有馬上回答。

程文馨感覺胸口一陣緊縮。蓉萱的猶豫，令她感到一陣不安。她為什麼還這麼遲疑？難道，她對程文馨的好感，真的都只是她的想像……

程文馨牽起她的手，握緊她的手指。

「蓉萱，如果妳覺得很困擾，請妳現在就告訴我。」程文馨的聲音，忍不住急切起來。「如果妳不想要再和我有任何牽連，那也沒關係。只是，請妳跟我說清楚吧。」

這幾年，儘管她沒有意識到，現在她才終於發現，她還一直在等著。三年前，她和葉蓉萱甚至沒有正式告別。她們的狀態，就這樣懸在那裡，程文馨的心也是。

她需要有一個了結。她的罪惡感、她的期待、她的感情。就算是葉蓉萱的拒絕也好，她需要一個明確的答案——至少讓她可以放下、然後繼續向前走。就算最終得到的是拒絕和遠離，至少她的罪惡感也會有一個歸宿。

她定定地看著葉蓉萱的臉，眼神在她的雙眼和嘴脣之間來回搜索。

而葉蓉萱撇開了視線。

「我……我不知道。」

程文馨停頓了一下。

她不知道自己在期待什麼。這是她們四年來第一次見面、第一次說上話，而她就希望對方能針對這個問題，給她一個答覆？這好像是有點太強人所難了。

也許這段時間內，葉蓉萱從來沒有考慮過這件事；她怎麼能要求她現在就給出答案？

但她內心的失望，也是不爭的事實。

是她想得太美好了。她太急、也太幼稚。

程文馨搖了搖頭，垂下視線。「沒有關係。」她淺淺地笑了。「我可以理解。」

「不。」葉蓉萱感覺十分艱難地開口。她用力回握程文馨的手。「我只是……還沒有想清楚。這……這太突然了，文馨。我需要一點時間，妳知道嗎？」

是的，三年前，葉蓉萱也是這樣說的。

程文馨已經等了葉蓉萱三年。她不介意再多等她幾天。但是她這一次，無論如何都需要她的回應。

她知道，當年的葉蓉萱，不管從哪方面來說，都沒有資格對她說這些話。但現在，她們之間已經沒有了身分和任何人的攔阻。

這件事情的決定權，現在全然落在葉蓉萱的身上。

「我懂。」程文馨說。「我知道這對妳來說，是有點太超過了。但是，蓉萱，我需要妳給我一個明確的答案。」

儘管這個動作感覺痛苦不已，但程文馨強迫自己放開了葉蓉萱的手。

「等妳想好，再來跟我說吧。」程文馨說。「如果妳還沒有封鎖我的Line的話。」

「文馨……」

「我們就先說再見吧。」程文馨向後退開一步，硬是對葉蓉萱扯出一個微笑。「反正妳現在知道可以怎麼找我了。」

然後她把視線從葉蓉萱的臉上轉開，轉身往自己停車的方向走。她好想看看葉蓉萱現在的表情，但是她擔心，如果她回頭，她就再也走不了了。

程文馨一路悶頭走到停車場，才終於吐出一口長氣。

她抬頭看向天空上微弱的星光，讓眼淚流回眼眶裡。

第十八章　潘朵拉的盒子

葉蓉萱回到家時，她的媽媽還坐在沙發上，正拿著一台平板電腦，不知道在看什麼東西。客廳只開著一半的燈，還有媽媽身邊的一盞小檯燈。暖黃的燈光令人有些昏昏欲睡，但這是葉蓉萱最喜歡的氛圍。

這是家的感覺。

「媽。」葉蓉萱一邊把安全帽放在玄關的櫃子裡，一邊對媽媽說。

「今天很晚喔。」媽媽移下老花眼鏡，抬眼看向她。「跑去哪裡玩啦？」

「我……剛剛去找朋友。」葉蓉萱回答。

媽媽看起來一點也不相信。「朋友？」她重複道。「那妳怎麼會是那個臉？」

葉蓉萱不知道自己的表情是什麼樣子，但是她猜，她的臉色應該不是非常好看。

「嗯。」葉蓉萱承認道。「算是以前的……曖昧對象。」

葉蓉萱還沒決定好，要不要跟媽媽說剛才和程文馨見面的事。

當年，她灰頭土臉地跑回台中老家，她也一度猶豫自己該不該跟媽媽說實話。她和學生產生不倫戀、她毀了一段所有人都看好的感情，不要說身邊其他人了，就連她都無法諒解她自己。

在她把自己關在房間裡不吃不喝的第三天後，媽媽終於受不了了。她跑進葉蓉萱的房裡，質問她在台北發生了什麼事。

最後，葉蓉萱聲淚俱下地把整件事告訴了媽媽。「媽，妳罵我吧。」她泣不成聲地對媽媽說。「我覺得我好爛。我不知道我能怎麼辦。」

「罵妳？為什麼是我要罵妳？」媽媽這樣回答她。「妳做錯了事，妳已經付出代價了。剩下的，就只有妳自己懺悔的部分。」

是的，自己懺悔。葉蓉萱這輩子最拿手的事，或許就是自我懲罰。她很清楚這件事是怎麼運作的。

不和程文馨聯繫，也是她自我懲罰的一部分。她不可能一和鄭宇廷分手，就立刻回頭去找程文馨。再說，程文馨當時也就只是一個高二的學生。撇開那些教育倫理和道德底線不談，她還能和程文馨說什麼？

她不可能給她那些空泛的承諾。

容許程文馨對她的感情越演越烈，已經是葉蓉萱大錯特錯了。她怎麼可以繼續去影響她的人生？至少不能比她已經造成的影響還多。

所以，葉蓉萱讓自己從程文馨的人生中消失。她想，如果她消失得夠久，也許程文馨就會忘記她了。她還那麼年輕——只要等她上了大學，遠離了那個環境，她就會自然而然地放下了，對吧？

在今天以前，葉蓉萱都是這麼想的。

但她現在覺得，她好像又錯了。

「曖昧對象？」媽媽把平板放在一旁的沙發上，摘下老花眼鏡，放在大腿上。「聽起來很好玩喔。」

葉蓉萱忍不住翻了個白眼。有時候，她真的不知道媽媽是不是認真的。

當年，她很清楚媽媽根本就不像表面上的那麼豁達。她認得媽媽臉上一閃而過的震驚與困惑，或許還有一點受傷。葉蓉萱可以理解；如果換成是她自己的女兒，她大概也會感到心痛吧？她的女兒是出了什麼問題，為什麼會做出這樣的事？

但是媽媽沒有和她多說什麼。葉蓉萱只有發現，半夜時，媽媽會一個人坐在客廳，若有所思地看著沒有打開的電視，像是想努力想通葉蓉萱行為背後的原因。

現在，幾年的時間過去，葉蓉萱不知道媽媽找到答案了沒有。至少她自己還沒有。

她在媽媽側邊的單人沙發上坐下，嘆了一口氣。

「妳還記得我跟妳說過的，我之前那個學生嗎？」她說。

「妳說送了妳手鍊的那個嗎？」媽媽說。「那個什麼文的。」

「對。就是她……」葉蓉萱垂下視線，看著自己手腕上的串珠手鍊。她的手指把玩著光滑的太陽石，只覺得頭昏腦脹。今天晚上的資訊量，對她來說真的太大了。

「喔？」媽媽挑起眉。「她現在也在台中？不會是特別為了妳而來的吧？」

葉蓉萱急忙揮起手。「不是、不是。」她說。「我這中間，都沒有和她聯絡。我根本就不知道她在台中唸書。」

媽媽點點頭，看著葉蓉萱。「然後呢？」她問。「她今天跟妳說了什麼？」

「她希望……希望我可以給她一個答案。」葉蓉萱用手抹過臉。

媽媽沒有說話，而葉蓉萱希望她永遠都不要開口。她並不想知道媽媽對這件事有什麼看法。

但是這可是媽媽。她當然不可能不開口了。

「那妳有答案了嗎？」媽媽問。

葉蓉萱嚥了一口口水，搖了搖頭。

「如果妳問我的話——」

「我沒有問妳，媽。拜託妳什麼都別說。」葉蓉萱呻吟道。

媽媽翻了個白眼，忽略了她的話。「如果妳問我的話，我會說，妳拒絕她吧。」媽媽說。「她現在才幾歲？二十？妳已經吊著她三年了。如果她是我女兒，我會非常生妳的氣。」

「我也這樣覺得……」葉蓉萱說。

媽媽聲音中帶著的情緒，讓葉蓉萱暗自瑟縮。這是媽媽針對這件事說過最激烈的話，而葉蓉萱立刻就知道，儘管這幾年間媽媽什麼都沒提，但她依然對葉蓉萱做的事有些不解——如果不說是不滿的話。

不知怎麼地，她的喉嚨突然感覺一陣緊縮。她不清楚這究竟是愧疚、還是什麼別的。但是想到要親口拒絕程文馨，她就覺得胸口悶得發慌。她抬起眼，對上媽媽的視線。

媽媽對她的有所保留，在這一刻，葉蓉萱似乎沒有辦法繼續假裝視而不見了。

「媽，妳不會生氣嗎？」葉蓉萱低聲問。「我當時跟妳說的那些事……妳一直都沒有告訴我妳是怎麼想的。妳不會抓狂嗎？」

媽媽一反常態地沉默了幾秒鐘，沒有馬上回答。葉蓉萱咬著嘴脣內側的皮肉，靜靜等待媽媽的回答，就像法庭上的被告在等待判決一樣。

最後，媽媽吐出一口長氣，把玩著手上的眼鏡。

「我覺得我怎麼想的，並不重要。妳懂嗎？」媽媽一字一句緩緩地說。「一開始，我當然也不能理解。妳和宇廷好好的，我本來一直覺得你們會結婚。所以我聽到妳說你們分手的時候，我實在不知道要說什麼。」

聽見鄭宇廷的名字，讓葉蓉萱像是被燙到般縮了一下身子。直到現在，她都還沒有辦法坦然面對自己對鄭宇廷所做的爛事。

「後來，我最想問妳的，應該是『為什麼？』」媽媽說。「妳知道，不是質問、也不是要責備妳，而是單純地想要搞懂，妳為什麼會那麼做？妳當時手上有那麼多的好東西——為什麼妳會選擇這樣拋下？」

是的，這就是葉蓉萱最需要找到的答案，也是她這三年來一直在逃避的問題。

她抬眼瞥向媽媽，等著她繼續說下去。但是這個問句似乎並不是修辭上的。媽媽只是直直望著她，在等她給出一個回應。

「我……不知道。」葉蓉萱低聲說。

「我不相信。」媽媽平靜地回答。

葉蓉萱咬住嘴唇。

「我的女兒也許有很多缺點，但是她絕對不是一個傻子。」媽媽說。「妳一定知道。可能妳覺得丟臉，妳覺得在自己面前沒有面子，所以妳不願意承認。但是我相信妳有答案。」

葉蓉萱用一隻手摀住半張臉。她的心中警鈴大作。

她不想和媽媽繼續進行這個對話。她已經迴避這件事情幾年了？為什麼她非得挑在今天，自己去打開那個潘朵拉的盒子、放出那些醜惡的怪物？

但就像媽媽說的，她確實知道原因。她只是一貫地把自己藏在好用的藉口之下，這樣她就可以繼續逃避眼前的問題。

因為她今天見到了程文馨。因為她現在紊亂的心思下方，有一點什麼正在蠢蠢欲動。

葉蓉萱可以選擇繼續堅持不去想，讓表面上的平靜維持下去，而她心中會永遠有一個無法碰觸的黑洞，隨時威脅著要將她扯進深淵裡。或者她可以選擇直接面對它——面對那個令她羞愧不已的真相。然後也許，只是也許——她就能逐漸學會對自己誠實。

看著媽媽的眼神，葉蓉萱覺得，她其實好像只有一條路可以選。

她吐出一口顫抖的氣息，看向自己糾纏在一起的手指。

「如果我說……那些並不是我想要的。」葉蓉萱輕輕地開口。「妳會覺得我不知感恩嗎？」

媽媽只是不置可否地應了一聲。

一股寒顫從葉蓉萱的脊椎尾端升起，一路爬到她的後頸。她好想拿個抱枕遮住自己的臉，遮住自己即將要落下的眼淚。

或許每個人都認為她已經擁有當時她能擁有最好的一切了：穩定交往的男友、第一年就考上代理教師，而且還是在台北一間優秀的國際學校。

所以她不抱怨，她不該抱怨、也不能抱怨。

但是那時候，關在台北的小公寓裡，每天備課、準備教甄，週末和男友約會的日子……葉蓉萱這麼回想時，那股熟悉的、肩膀上沉甸甸的重量，幾乎是立刻又出現了。

在那間小套房裡，她幾乎隨時都覺得難以呼吸。那段即將步入轉變的感情關係，更讓她無法面對。

「那時候，所有人都覺得我要跟他結婚……」葉蓉萱嚥了一口口水。「可是我不想。」

當時她一直告訴自己，她只是還沒有準備好。她還沒準備好成為人妻、也還沒有準備好要和鄭宇廷在一起一輩子——她還需要一點時間、還需要釐清自己的感受。

所以她用甄試當藉口，用一個就連自己也找不到意義的目標當作推遲的理由。她還記得自己也不知道考試要考到哪一年，她當時只覺得，她是還沒有盡力嘗試過、不想給自己設限而已。現在她已經知道，這才不是原因。

她只是不想面對和鄭宇廷的未來，而她用最爛的方式迴避了。

不，那還不是最爛的。

後來的程文馨……那才是她這輩子短短二十幾年的人生中，做過最不可原諒的事。

不管是對鄭宇廷或是對程文馨，葉蓉萱的行為一定都造成了不可抹滅的傷害。

就因為她的自私，因為她的軟弱，因為她的逃避現實。

這才是葉蓉萱沒有辦法面對的真相。而且現在沒有任何理由能讓她感覺好一點了。

媽媽點點頭。

「妳不想結婚，所以妳就用考試來當藉口。這很合理。我不喜歡——但是合理。」

媽媽說。「那妳和妳的學生呢？她也是妳的藉口嗎？」

葉蓉萱嚥了一口口水。

或許和程文馨逐漸變得複雜的關係，確實也是她藉口的一部分。因為如果沒有一個理由，她和鄭宇廷就只會一路拖下去。然後呢？

程文馨的介入，大概讓她的潛意識找到了一個出口，就像在一個洞穴的盡頭看見一絲光亮。所以她放任自己，或者甚至刻意促使這段關係的發生。她想起自己在程文馨面前喝酒的樣子，還有後來永遠改變了她的世界的那一切。

她並不想阻止程文馨。因為這樣她就能毀了她和鄭宇廷的關係。

而這代表了什麼？

葉蓉萱再也沒有辦法抑制自己的眼淚。

她並不是一個好人。到頭來，她還是必須要向自己承認這件事：不管她怎麼偽裝、怎麼自我說服，她終究只是一個軟弱又自私的蠢蛋。

「我……我不知道。」

淚水順著葉蓉萱的臉頰滑落，使她看不清媽媽的表情。年近三十的大人了，還為了戀愛的事在媽媽面前放聲大哭，簡直丟臉丟到天邊。

「那妳最好把這件事情想清楚。」她聽見媽媽這樣說道。「因為如果是這樣，那妳欠她一個道歉。」

葉蓉萱一邊啜泣，一邊點著頭。

不只是道歉。如果她真的把程文馨當成轉移注意力的對象，如果她只是在利用那個女孩純真的喜歡……

她能做的最好的決定，就是永遠不要再出現在程文馨面前。

她已經傷害了程文馨的過去，她必須把程文馨的未來還給她。

但是……但是。

隔著淚水，葉蓉萱的視線落在自己手腕上的那條橘色手鍊。

這些年來，她一直都戴著這條手鍊。就算在剛回來台中的時候試圖摘下來過，她後來還是又把它戴回去了。

她為什麼要這麼做？

一切都好混亂，葉蓉萱現在沒有辦法好好思考。

她只是摀著臉，讓眼淚從手指與臉頰之間的縫隙流下。她感覺到媽媽的手溫柔地環住她的肩膀，輕輕搖晃她。

*

接下來的幾天，媽媽沒有再和她提過這個話題，就好像那天晚上的對話從來沒有發生過一樣。但是葉蓉萱沒有辦法再假裝那些想法不存在。

而有一件事，一直在她心中戳刺著她。

於是葉蓉萱從自己床底下的置物抽屜中，找到了十幾年前的高中畢業紀念冊。

說來好笑，打從她畢業後，她一次都沒有打開過那個裝有留言簿與照片集的盒子。那裡面有些東西她並不想看到——那本留言小冊子裡，有一頁是她看過一次後，就再也不敢重看第二次的。

放在抽屜裡的盒子，不像她記憶中的那麼色彩鮮豔。魔鬼氈依然將盒子的開口緊緊黏著，拉開時發出一聲刺耳的聲響，讓她一陣瑟縮。

葉蓉萱的手指在盒子的邊緣游移。

她正在打開另一個潘朵拉的盒子，這次是真正意義上的。

她真的想要這麼做嗎？

不，她並不想。但是她必須要這麼做。有一件事她必須做，但她不確定為什麼。

當她掀開紙盒的蓋子時，葉蓉萱忍不住屏住呼吸。她拿出厚重的照片集，手指撫過精裝的封面，感覺心臟在胸腔裡怦怦跳動。

封面上以漫畫的筆觸畫出她高中的校門，那股近乎鄉愁的感覺，使她的鼻子一酸。

葉蓉萱一咬牙，將紀念冊翻開。

她很快就找到屬於她自己班級的那一頁，班導師微笑的面孔出現在她的眼前。她高二和高三時的班導也是英文老師；她一直都記得老師是怎麼用投影片和互動式光碟教她們班的課，還有老師為她們改作文時寫下的評語。

只是葉蓉萱自己當上老師時，她卻搞砸了。

她自嘲地哼笑一聲，將頁面往後翻。

一排排記憶中的面孔，正在紙上對著她微笑。距離高中畢業已經十幾年了？十三？十四？現在看著那些女孩的臉，葉蓉萱震驚地發現，她們看起來就像是她之前帶的學生，臉龐稚嫩圓潤，好多人還留著當時流行的厚重平瀏海。

這麼久以前的事，這些人現在都在哪裡呢？

她們高中同學舉辦的同學會，葉蓉萱從來沒有去參加過。因為她不知道那個女孩會不會去，而她不想在所有人的面前與她重逢。

葉蓉萱從來沒有為自己高中時造成的傷害道過歉。她該用什麼表情面對她？

她翻到屬於她們班的第二個跨頁。長髮過肩的女孩，就在第二排的第一個位置對著她微笑。

葉蓉萱的下巴緊繃起來。

看見那個女孩穿著制服的模樣，一幕幕熟悉的畫面從她的腦海中掠過。晚自習時，她們牽著手在操場上繞圈，講著天南地北的話題；女孩午休時貼著葉蓉萱的手臂熟睡，發出輕微的鼾聲。她們在體育課時一起說自己的生理期來，這樣她們就可以在司令台上坐一整節課，繼續聊天。

高二時，她們倆人形影不離。

直到畢業旅行結束。

葉蓉萱把紀念冊推到一旁，拿起盒子裡的留言本。她記得她給班上大部分的女孩寫了，而她刻意迴避了一個人。但是或許是有人理所當然地認為她們的感情很好，因此本子依然傳到了她手上。

當那個女孩把留言本放回她桌上時，葉蓉萱記得她似乎有想要和她說什麼，但是最後什麼也沒說。那天回到家後，葉蓉萱在睡前看了她所寫的留言，然後哭到睡著。

此時此刻，葉蓉萱依然清晰記得，她的留言寫在整本小冊子的最後一頁。光是手指接觸到封底，就讓葉蓉萱感到一陣雞皮疙瘩。

她只看過那女孩寫的留言一次。在那之後，這本畢業紀念冊就成了一個傷口，儘管外部的皮膚已經癒合，但是內部依然潰爛，只要碰到就會疼痛。

而現在，葉蓉萱正準備要揭開它那層薄薄的偽裝。

她咬了咬牙，將小冊子翻過來，打開封底。

女孩用淺藍色的水性筆留下工整的字跡，刺痛了葉蓉萱的雙眼。但即使眼眶已經盛滿淚水，葉蓉萱依然強迫自己一字一句，從頭開始讀起。

留言的開頭，是泰勒絲那首名為〈提姆・麥克羅〉的歌。

你想起提姆・麥克羅的歌聲
我希望你想起我最愛的那首歌
那首讓我們跳了整夜舞的歌

月亮就像湖面上的燈光
當你想起快樂的時光
我希望你想起我那件黑色小洋裝
想起我的頭靠在你胸口
還有我褪色的牛仔褲

當你想起提姆・麥克羅
我希望你想起我

那是她們開始當朋友的起點：對泰勒絲共同的瘋狂。直到現在，葉蓉萱都還是泰勒絲的粉絲。這首歌，是她們聊起來的第一首歌。

畢業旅行那天晚上，她們究竟怎麼了呢？

葉蓉萱的手指開始顫抖。她閉上眼睛。

她們就像這首歌一樣，在飯店的房間裡放著泰勒絲的歌，兩人像瘋子般一起跳舞。

女孩的笑容太美，美得讓葉蓉萱沒有辦法轉開視線。

主動吻上對方的人是她，半預期著對方會推開她。但是女孩沒有。女孩只是抱著她，然後兩人跌進床鋪裡。

那時候的葉蓉萱感覺自己好勇敢，她什麼都不怕、也不在乎。

可是也只有那一刻。

當她們的碰觸只剩下臨門一腳時，葉蓉萱突然就退縮了。她就像是大夢初醒，渾身爬滿冷汗，一股反胃的感覺油然而生。

如果她和這個女孩在一起了，她要怎麼和班上的其他人解釋，要怎麼和她的媽媽解釋？

她不是同性戀。她並沒有喜歡那個女孩。她們只是朋友。她們只能是朋友。

一切的未知壓垮了她，然後她推開了女孩。

她依然可以清楚地在心中描繪出女孩受傷而困惑的眼神。

這麼多年來，她努力不要去想起她了。她沒有在聽見泰勒絲時就想起她們所穿的制服、也沒有想起她們一起去逛街時所穿的牛仔褲。那一切都被她關在心中的一個盒子裡，深深埋起，就像這本小冊子一樣，被她刻意遺忘在老家的床底下。

葉蓉萱聽見一聲輕微的啜泣，然後她才意識到，那是她自己的聲音。

她拿過放在一旁充電的手機，打開社群軟體，顫抖地在搜尋欄上輸入了那女孩的名字。

儘管經過了十幾年，她還是一眼就認出了對方的頭像。

那個女孩的面孔輪廓依舊，但是變得更稜角分明。她的頭髮剪短了，俐落而清爽。

而葉蓉萱無法假裝沒看見，那個在自拍中和她臉頰相貼、笑得眼睛瞇起的女子。

在這張照片下，寫著一句簡單的「五週年紀念」。

就在這裡，這一個小小的、只有豆子大小的疙瘩，現在葉蓉萱知道了。問題不在婚姻，更不在鄭宇廷身上。

葉蓉萱的心一陣緊縮。這才是她需要對自己誠實的地方。

她記憶中的女孩，就對自己很誠實。

而她呢？她的畏縮傷害了那個女孩、傷害了鄭宇廷，也傷害了程文馨。

她還想要繼續這樣下去嗎？

葉蓉萱把那本小冊子抱在胸前，讓眼淚一滴滴落在自己的大腿上。

＊

「媽。」

葉蓉萱走出房門，探頭望向客廳。媽媽正坐在沙發上的老位子，戴著老花眼鏡，看著自己的平板。

聽見葉蓉萱的喚聲，媽媽抬起頭看了她一眼。

「怎麼啦？」

葉蓉萱往沙發的方向走去，在貴妃座的尾端坐下。她咬著嘴脣，手指交疊在大腿上。儘管她已經下定決心，但是真的要她問出口，她還是感到莫名地恐慌。

這幾天，葉蓉萱拿著那本小冊子看了好幾次，一遍又一遍地重讀女孩給她的留言。女孩心碎的告白，一次次逼出葉蓉萱的眼淚。

她對程文馨所做的事，就和十幾年前一模一樣。她深知，如果她繼續假裝這件事不存在，那麼未來，這一切又會再度重演。

她需要誠實面對自己。儘管這代表她可能要說一些讓人不太愉快的話。

「媽，有一件事，我想要問妳。」

媽媽摘下老花眼鏡，靜靜地看著她，好像早就預料到她要這麼說了。

葉蓉萱嚥下一口口水。

「如果……如果我告訴妳，我喜歡女生，妳會生我的氣嗎？」

就這樣，她說出來了。

這句話比她以為的容易，但是說出口後所帶來的心跳加速，並沒有因此而減緩。有那麼一瞬間，她的耳裡只有自己的心跳聲。

她深吸一口氣，屏住氣息，強迫自己保持靜止。

媽媽沒有馬上回話，只是眨著眼，來回打量她的臉。

接下來的幾秒鐘，對葉蓉萱來說，就像是好幾世紀那麼長。她彷彿又回到童年時，說了謊被媽媽抓到後，只能屏氣凝神地等待她給出處罰。

「就算會又怎樣？不會又怎樣？」媽媽說。

葉蓉萱緩緩眨了眨眼。

「什麼意思？」

「等到三十年之後，如果我死了，會在妳身邊陪妳的人，就不是我了。」媽媽搖搖頭。「那到時候，誰的看法比較重要？」

葉蓉萱思索著媽媽所說的話。

等到爸媽不在的那一天……到時候，她會和誰在一起？或者她會獨自一人？

她想要什麼樣的人生？

「如果妳希望有個人能夠陪妳過完下半輩子，那我生不生氣，跟妳又有什麼關係？」

葉蓉萱咬著自己口腔內側的肉。

她知道媽媽想說什麼。無論她選擇和誰在一起，那都是她的決定。但是她需要為自己的選擇負責任。不為其他人，只為了她自己。

看著媽媽平靜的面孔，葉蓉萱突然覺得臉頰一熱。

要和媽媽開口承認——出櫃——比她想像的容易許多。她之前究竟為什麼要這麼害怕？那種擔心自己無法被接納的恐懼、她無法不拿自己和身邊「正常人」比較的心態，已經將她困住太久了。

而讓她清醒過來的時間和代價，都實在太多了。

「問題只在於，妳想要跟怎樣的人過下去？」媽媽問。「就算妳什麼都不選，最後妳養一隻狗、或是一隻烏龜什麼的，我也沒有意見。」

聽見這句話，本來已經準備好要落淚的葉蓉萱，突然感覺所有的眼淚都縮了回去。

「什麼東西啦。」葉蓉萱忍不住笑了起來。

「這是妳自己的決定。妳只要能對得起自己就好。」媽媽說。「妳是我女兒，不是我的寵物。不能連什麼時候吃飯都要我告訴妳吧。」

媽媽平常講話確實就很幽默，但是此時此刻，葉蓉萱知道她是為了要緩和情緒，她們倆人都是。

「妳確定嗎？」葉蓉萱問。「如果妳一輩子都沒有孫子可以抱，妳不會怪我吧？」

「小時候抱妳就抱夠了。」媽媽回答。「現在就算有孫子也抱不動囉。」

葉蓉萱不是沒有想像過，媽媽抱著她的孩子，就坐在這張沙發上的畫面。只是她現在發現，在那個畫面裡，理應是她丈夫的人並不存在。

「少來。妳以前還跟我說過，以後要幫我帶小孩的。」葉蓉萱說。

「嗯，但我現在反悔了。」媽媽說。「我寧可白天去運動中心跳舞，也不想當妳的免費褓母。」

葉蓉萱佯怒地瞪了她一眼。

「妳講話真的很討厭欸。」「我要去睡覺了。」

「去吧。」

媽媽再度戴上老花眼鏡，拿起放在身邊的平板。葉蓉萱從沙發上站了起來。在她回到自己的房間之前，她轉過頭，對著媽媽開口。

「媽？」

「又怎麼啦？」

「謝了。」她說。「我是個很麻煩的女兒。」

「小時候就知道了。」媽媽頭也不抬地說。「又不是這一兩天的事。」

葉蓉萱再度低笑出聲。

*

接下來的幾天，葉蓉萱的心思只要一有空檔，就會忍不住想到程文馨對她說的那句話。

請跟我說清楚吧。

她知道她試圖逃避這件事，已經太久了。

當年，她還有好多藉口可以用——她對程文馨的好，是因為她心疼這個學生，因為她想要填補她的父母所帶來的空缺。她想要這個女孩在她面前保持著笑容。

而現在，程文馨已經不是她的學生了。她還想要這樣做嗎？更重要的是，如果她和程文馨道歉，承認自己當年對她做的那一切，都是出自於她的軟弱和畏縮，程文馨又會怎麼看她？

如果她再度和程文馨走在一起，她會再傷害那個孩子嗎？

不，不對。

葉蓉萱回想著在誠品的櫃檯前，和文馨重逢的那一個瞬間。

那一刻，葉蓉萱幾乎沒辦法把她和高中時期的女孩結合在一起。程文馨染了一整頭霧感的金髮，臉上化著乾淨俐落的妝。她看起來好成熟——成熟得使葉蓉萱沒辦法再稱呼她為「孩子」。

離開家了的程文馨，看起來更確定自己想要什麼了。

而葉蓉萱呢？她回了老家後，現在她知道自己想要什麼了嗎？

她和程文馨的對話視窗，雖然已經沉沒到清單的底部，但是她自始至終，都沒有把它刪除或隱藏。她只是沒有勇氣再度點開。有時候她會回想起程文馨傳給她的那些照片，但是她不敢看。

那段時間的她，和鄭宇廷的關係、和程文馨的關係，對她來說，就像是一場折磨。她一直沒有勇氣回首，因為她知道只要她去揭開那些傷疤，她就不得不面對自己內心的恐懼。

鄭宇廷信守承諾；他再也沒有和葉蓉萱聯絡。這是鄭宇廷的優點之一，也是葉蓉萱最欣賞他的一部分：他總是說到做到。而在葉蓉萱對他做了這樣的事後，她當然沒有任何理由再去打擾他。

而現在，她居然在台中和程文馨重逢。

或許這也是上天為她所訂的時間。她一直以來都習慣逃避，當她遇到難以面對的情境時，她的第一個反應就是躲藏。而現在，上天大概是在告訴她，她不能再躲了。

她當年的不告而別，已經深深傷害過程文馨一次。

她和鄭宇廷，至少有一個正式的告別。但是她和程文馨，卻什麼都沒有。

她是該跟程文馨好好說清楚。

於是，葉蓉萱從聊天室的列表中，找到了那個塵封已久的對話紀錄。

「嗨，文馨。妳這星期哪天上晚班？」她猶豫地打下這幾個字。「我去等妳下班，好嗎？」

第十九章　話說出來，是要負責的喔

短短的兩個星期之內，葉蓉萱再度出現在勤美誠品一樓的全家。她買了一杯冰紅茶，然後在用餐區坐了兩個小時。

她覺得自己好像又回到了學生時代，等著去大學面試的時候。她懷疑，旁邊的其他顧客，都快要可以聽見她的心跳聲了。

她把自己上班帶的包包放在大腿上，從裡頭拿出一疊審閱到一半的稿件，試圖用工作來轉移注意力。但是她發現自己頻頻看向手機上的時鐘，不斷在內心倒數著程文馨的下班時間。

「蓉萱。」

熟悉的聲音還沒有喊出她的名字，葉蓉萱就已經感覺到，有人從背後往她的方向走來。她回過頭，便看見程文馨站在她身後。

「嗨。」

今天的程文馨沒有把頭髮盤起來，而是披散在身後，一側用髮夾夾起。脫下誠品的標準白襯衫後，程文馨穿著一件短版T恤，和一件寬鬆的牛仔褲。

這個女孩看起來好有自信、美麗無比。在葉蓉萱眼中，她已經不是四年前那個還穿著制服的青澀少女。現在的程文馨，看起來像是在發光。

葉蓉萱究竟覺得自己是誰，她憑什麼讓這個女孩為她傷心這麼多年？就因為她的畏縮和逃避，因為她的自欺欺人，程文馨便成了她的受害者。

今天她必須要為這件事劃下一個句點。葉蓉萱會向她坦白自己過去所犯下的錯，然後把決定權交給程文馨。在聽她說完之後，程文馨或許就會想要永遠和她保持距離，就像鄭宇廷那樣，而她不會怪她的。

眼前的程文馨對她露出微笑，牢牢對上她的視線。

「我還以為，妳永遠不會找我了。」程文馨輕聲說道。

「我答應妳了。」葉蓉萱嚥了一口口水。「我跟妳說過，我只是需要一點時間。」

程文馨聳了聳肩。「所以……妳想好了嗎？」

「妳想要喝點什麼嗎？」葉蓉萱說。她從椅子上站起身，卻感覺雙腿有一點顫抖。她不知道她為什麼這麼緊張，好像自己是情竇初開的懷春少女一樣。

「不用了。」程文馨回答，一邊把雙手插進褲子的口袋裡。

「那……」葉蓉萱走到她面前。「我們去對面走走吧。」

兩人再度走上綠園道廣場的步道。葉蓉萱試著想像，程文馨上一次和她一起走在這裡時的心情。

她是鼓起了多大的勇氣，才終於下定決心，要和葉蓉萱說那些話？而葉蓉萱卻又一次從她面前逃走了。

程文馨的勇敢，值得她用真心話來回應。

走在她身旁的文馨，一句話也沒說。葉蓉萱不能再自己拖延下去了。

她伸出手，拉住程文馨的手腕。

「嗯？」程文馨回過頭，看了她一眼，臉上掛著似笑非笑的表情。「妳終於想好了嗎？」

葉蓉萱張開嘴，又閉了起來。

「也差不多是時候了。」程文馨說。「來吧，我已經準備好了。不管妳的答案是什麼，我都可以接受。」

葉蓉萱咬著嘴唇。當她開口時，她的聲音和她想像的完全不一樣。

「對不起。」

程文馨看著她的眼神閃爍了一下。接著，程文馨的手在她的手中顫抖起來。看著程文馨逐漸濕潤的眼眶，葉蓉萱內心一陣瑟縮。

她知道這句話聽起來像是什麼意思，而她不是故意要製造程文馨的誤會，但是除此之外，她不知道要怎麼開口了。

葉蓉萱握緊程文馨的手腕，及時阻止她的眼淚落下。她把程文馨拉到一旁的草坪上，避開步道上走動的行人。

「文馨，妳先聽我說。」

程文馨肉眼可見地嚥了一口口水，咬住自己的嘴唇。

葉蓉萱垂下視線。現在程文馨就在她眼前，她的手就在她的手中，話到嘴邊卻突然變得怎麼樣也說不出口。

程文馨搖了搖頭。

「妳剛才跟我道歉了。」程文馨輕笑一聲。「這樣就已經說完了，不是嗎？」

葉蓉萱用力捏了捏她的手腕。「不。」她低聲說。「我想要道歉的是……別的事情。」

天啊，這些話她要怎麼說出口？

「文馨，我想問妳一件事。妳當初，是怎麼知道妳喜歡女生的？」

她的問題似乎出乎程文馨的意料之外。程文馨的眉頭微微蹙起，好像不太確定她想要表達什麼。

「就像妳是怎麼知道妳喜歡男生的一樣。」程文馨回答，聲音有些小心翼翼。

葉蓉萱的嘴角微微揚起。很聰明，這個小女孩。不，不可以；葉蓉萱現在不能再把她當成一個小孩看待了。就某些方面來說，葉蓉萱自己才是一個孩子，真正需要長大的人是她才對。

「如果我說，我其實一直都不知道，妳會信嗎？」

程文馨只是沉默地看著她，眼神在她的臉上來回搜索。

「有一件事情，我從來沒有和其他人說過。」葉蓉萱說。「就連我前男友都沒有。」

然後葉蓉萱就把這幾天她翻出來的故事、她思考的一切，全部都告訴了程文馨。聽著葉蓉萱說話的時候，程文馨只是靜靜地眨著眼，有時候輕輕點頭。

說到故事的最後，葉蓉萱緩緩吐出一口長氣，放開了程文馨的手。

「我知道這不是藉口。我傷害了我前任，也傷害了妳。」她說。「但是在那之後，我沒有辦法面對這件事。就因為我不敢出櫃……我讓這麼多人跟我一起受傷。所以，對不起。」

程文馨不置可否地聳了一下肩，垂下視線，像是在看著腳邊的雜草。

一股沉默籠罩在兩人之間，而葉蓉萱的心臟開始怦怦加速。

她終於說出來了。她當初怎樣自私地傷害了鄭宇廷和程文馨，現在程文馨全部都知道了。

她會怎麼看待她？在她心中的葉蓉萱，現在會是什麼樣子？

當程文馨終於開口時，葉蓉萱的心臟差點就要從喉嚨跳出來。她用力嚥下一口口水，等待程文馨接下來要說的話。

「嗯。」程文馨一字一句緩緩地說。「我當初也介入了妳的感情，不是嗎？」

葉蓉萱呆滯地看著她。程文馨現在說這個，是什麼意思？

「我在明知道妳有男友的狀況下，硬是要對妳示好、對妳告白。」程文馨的嘴角微微勾起，像是在自嘲。「不管妳和妳男友是不是真愛——我做的事也蠻爛的。」

葉蓉萱屏住呼吸。她們兩個現在走在一個危險的邊緣上，她感覺得出來。只是她不確定她們現在要走去哪裡。如果她失足跌落，又會是什麼在等著她？

「文馨……妳想說什麼？」葉蓉萱小心翼翼地問。

程文馨哼笑一聲。

「我想說的是，我也完全不是個聖人吧。」她說。「就某方面來說，我們兩個是蠻搭的。」

葉蓉萱來回打量著程文馨的臉。她聽不出程文馨現在是不是在開玩笑，也不確定她現在對葉蓉萱的自白有什麼情緒反應。

「就某方面來說，我是利用了妳，文馨。」葉蓉萱說。「妳懂嗎？」

「我懂。」

簡單的兩個字，卻讓葉蓉萱的後頸起了一陣雞皮疙瘩。

程文馨的眼神往漆黑的天空望去，重重吐出一口氣，把手插進口袋裡。

「妳想知道我怎麼想的嗎？」程文馨說。

葉蓉萱點點頭。

「我在想，我可能不會怪妳吧。」

葉蓉萱感覺自己的雙眼一陣刺痛。她咬著嘴脣，等待程文馨繼續說下去。

「誰不會犯錯，對吧？」程文馨說。「那時候，我做的事情也是大錯特錯了。」

「文馨。」

「所以，就這件事而言，我們可以算是扯平了吧？」

葉蓉萱感覺自己的嘴脣開始顫抖，她沒有辦法控制。她已經可以預料到程文馨接下來要說什麼了，而她現在只覺得暈頭轉向，四周的一切變得朦朧，好像這一切都只是一場夢。

她是帶著羞愧和罪惡感來的，但是程文馨的反應，似乎把她的這些情緒悄悄送進了某個未知的空間。葉蓉萱胸口原本沉甸甸的重量被人挪走，取而代之的是一種炙熱的、有點緊繃的感覺，使她呼吸困難。

「現在，我們只有一個問題。」程文馨說。「蓉萱，妳有喜歡我嗎？」

這個問題就像一顆球，直接砸中了葉蓉萱。此時此刻，站在程文馨的面前，她無處可躲。

「文馨，我……」葉蓉萱的嗓音變得破碎。「我已經……逃避這件事太久了，對吧？」

「對。」程文馨沙啞地說。「所以，我希望妳能現在就告訴我。」

葉蓉萱點了點頭。是的，她知道她必須給程文馨一個答案。這麼多年來，這是她欠她的。程文馨的心在那裡懸著太久了，等待的時間已經太久了，但是葉蓉萱現在就要結束它了。

「如果妳開口，我保證，從現在開始，我會直接從妳的世界裡消失。妳再也不會看到我，或是聽到我的事。」程文馨低聲說。「只要妳一句話就好。我什麼都聽妳的。」

「這不是我的決定吧，文馨。」葉蓉萱艱難地回答。「我傷害了妳的感情……決定權應該要在妳手上才對。」

「我的答案妳已經知道了。」程文馨說。「蓉萱。如果妳問我的話，沒有和妳在一起過，我一定會後悔。就算最後我們翻臉了、分手了，但至少我們嘗試過了，對吧？」

她伸出手，試探性地碰觸葉蓉萱的手背。

一股酥麻的感覺沿著葉蓉萱的手臂向上竄去。

至少她們嘗試過。

在她的高中時代，她錯過了和那個自己曾經心動過的女孩嘗試的機會。她和鄭宇廷試過了，最後她深深地傷害了他。

而她和程文馨呢？她們從來沒有真正在一起過，她們之間的關係，從頭到尾都曖昧不明。

她看著程文馨專注的眼神，感受著那雙牽著她的手所傳來的溫度。

她想要和她在一起嗎？

葉蓉萱輕輕嘆了一口氣，垂下視線。

「我已經快要三十歲了。」她顫抖地說。

「我知道。」

「妳才剛滿二十。」

「那又怎麼樣？」

「妳還那麼年輕……」葉蓉萱的聲音很輕、很輕。「如果妳之後發現我和妳想像的不一樣呢？」

「那也要等我們試過了之後，我們才會知道，對吧。」程文馨說。

「這是兩回事啊。」葉蓉萱搖搖頭。「妳還沒有見識到外面的世界。也許妳再長大一點，妳想要的東西就會變了。」

「這我用說的也沒用吧。」程文馨說。她往前走了一小步，縮短兩人之間的距離。葉蓉萱的胸口，幾乎就要碰到她的身體。「這件事，妳得讓我用時間證明。」

葉蓉萱再度咬住嘴唇，沒有回答。

「妳要我走嗎？」程文馨問。她放開葉蓉萱的手，輕輕撫上她的臉頰。「讓我在這裡跟妳道別，也可以。但妳要告訴我。」

她想要程文馨離開嗎？從她的生命裡永遠消失？

她曾經以為這已經成為事實了。在她們斷了聯絡之後，她以為程文馨會成為她心中另一個不能說出來的傷口，另一個她自欺欺人所犯下的錯。

但她喜歡程文馨剛才的說法。她們都犯了錯。程文馨早在幾年前就和她道了歉，今天終於輪到她了。而現在，和她重逢，葉蓉萱是不是有機會讓她們之間不只是一個錯誤？

葉蓉萱閉上眼，緩緩搖起頭。

「不要。」她說。「我不要妳走。」

「妳希望我陪妳嗎？」程文馨低下頭，雙眼直直望進葉蓉萱的眼裡。她繼續喃喃說道：「妳這樣是答應我了嗎？」

葉蓉萱幾乎就要忘記怎麼呼吸。程文馨的雙眼，反射著身邊的路燈光線，看起來閃爍而美麗。她來回打量著程文馨的眼睛，無法轉移視線。

「妳要說呀。」程文馨的鼻息打在她的臉上，使葉蓉萱的頭皮發麻。她們的嘴唇之間只剩下幾公分的距離，幾乎就要相貼在一起。「妳這樣，我不知道妳是什麼意思啊。」

葉蓉萱停頓了一下。

這是她已經反芻過無數次的答案，但是當她要說出口時，她還是感到喉頭一陣緊縮。

「好。」葉蓉萱的聲音沙啞不已。「我想要妳在我身邊。」

於是程文馨沒有讓她再說下一句話。她偏過頭，覆上了葉蓉萱的嘴唇。葉蓉萱只愣了短短一秒鐘，就立刻給予了她回應。

她沒有預料到的是，這幾年的時間裡，她一直都在想念這雙嘴唇。陌生卻又熟悉的氣味充斥著她的鼻腔，勾起一股近似於鄉愁的感覺。在這一瞬間，不知道為什麼，她好怕，如果她現在鬆開手，程文馨會不會再度消失在人海之間。

四年了，已經夠久了。

她自以為是自我懲罰的行為，一直以來懲罰到的，都不只是她自己一個人。她憑什麼去折磨另一個人，就只因為她害怕面對自己最真實的樣子？

但是她決定，從現在開始，再也不會了。

她的雙手抓緊了程文馨的衣袖。

她的心臟在胸腔裡跳躍、碰撞著。和程文馨在一起時，感覺一切都染上了一抹鮮豔的色彩。街頭藝人的歌聲好像變得更響亮，她們頭頂上的那片天空，彷彿也點綴上了無比燦爛的星光。

如果可以，她真希望時間停留在現在這一刻。但是她們不能。

她萬般不樂意地放開了程文馨的嘴唇，向後退開一步。

程文馨的眼角泛著淚光，她的嘴唇上卻帶著微笑。

葉蓉萱試著回給她一個微笑，卻發出了難聽的嗚咽聲。這時她才發現，自己的臉頰早已被淚水給打濕。

「不要哭嘛。」程文馨抬起手，用手背擦去她的眼淚。「我會很努力，不要再讓妳哭的。」

「這是妳說的喔。」葉蓉萱的嘴角扯起一抹笑容。「話說出來，是要負責的喔。」

程文馨的手指，再度找到葉蓉萱的手。當她們的手指交纏在一起時，程文馨再也沒有辦法抑制自己嘴角的笑意。她用手指按了按眼角，將淚水抹去。

「我等妳這句話，已經等了好久了。」她說。

「我知道。」葉蓉萱輕聲說。「所以，現在我來了。」

程文馨伸出手，將她擁進懷裡，把頭埋在她的頸窩。

「妳還願意相信我嗎？」程文馨說。「妳不怕過了這幾年，我變成一個專門騙感情的爛人，現在只是想要報復妳嗎？」

「那就算是我活該吧。」葉蓉萱輕笑一聲。「就當作我之前欠妳的，現在還給妳了。」

程文馨低低的笑聲傳進她的耳裡，她感覺到文馨的身體微微晃動著。

「那……」葉蓉萱有點遲疑地開口。「妳這星期，還有哪天有空嗎？」

「我星期天排休。」程文馨對她咧開嘴。「怎麼啦？」

葉蓉萱拍了一下她的手臂。「我就只是想看看，妳哪天可以跟我見面。」她說。

「四年耶。我們應該有很多話可以說吧。」

她想知道程文馨這三、四年來，都在過什麼樣的日子。她想知道這個女孩後來和她的家人們關係有沒有好轉、又或者她有沒有找到和他們和平共處的方式。還有很多、很多，她想要知道所有她錯過的日子裡，程文馨都做了些什麼。

「星期天可以啊。」程文馨說。「我可以去載妳。妳再把地址傳給我。」

「好。」

兩人繼續沿著步道，緩緩往前走去。溫暖的風吹在葉蓉萱的臉頰上。她的心跳仍然跳得很快，臉頰發燙。但這是很長一段時間以來，她第一次感覺到心情如此雀躍。

星期天。到那一天，她就會以全新的身分見到程文馨。

現在，她又覺得有什麼事情可以期待了。

過去的這幾年間，程文馨從來不敢奢望能再和老師一起過夜。噢，不。現在她不能再叫她老師了；現在她就只是葉蓉萱。是「她的」葉蓉萱。

她們正式開始交往後的第一個連假前，程文馨特地向書店請了假。組長對她連假三天都不能上班這件事頗有微詞，但是和程文馨要好的同事自願替她頂了那三天的班。

「這是為了感謝妳支援收銀。」同事對她眨眨眼。「到時候妳們如果結婚了，我可以去吃免費喜酒嗎？」

「我可以讓妳免費跟婚紗背板合照。」程文馨回答。同事只是大笑著推了她一把。

對於同事自動預設她是要和女友出去旅行這件事，程文馨好像也不能感到意外。她太快樂了，她懷疑她心花怒放的樣子根本都刻在臉上了。

但是她要怎麼不快樂？當年她依賴的，為她的生活帶來最強烈的情感的葉蓉萱，終於又回到了她身邊。

當她提出連假想要和葉蓉萱一起出去玩的時候，她還一度擔心葉蓉萱會不會拒絕。

她知道葉蓉萱對於和女性更近一步的接觸有複雜的感受，而她不想要太過強迫。如果葉蓉萱有所顧忌，她可以等。

但出乎意料地，葉蓉萱一口就答應了。

「好啊。」葉蓉萱說。「妳想要去哪？去南部？還是回去台北？」

程文馨其實一點都不在乎要去哪裡。雖然出遊是她提議的，但她只是想要找個藉口和葉蓉萱待在一起。

當葉蓉萱說她們可以一起去泡溫泉的時候，程文馨的眉毛忍不住高高挑起。她不確定葉蓉萱是有意還是無意的，就像當年，她依然不知道葉蓉萱怎麼會選擇在她面前喝醉。

「好。」最後她只是小心翼翼地回答。

她不想多問，以免葉蓉萱突然尷尬起來、然後改變心意。

於是現在她們就在這裡了，一間小巧而精緻的溫泉旅館。

除了畢業旅行之外，程文馨從來沒有和別的女孩子一起住過旅館。在櫃檯辦理入住時，她不由地好奇起來。眼前的服務人員是怎麼看待她們的呢？她們看起來像是一起出遊的好閨蜜嗎？或者，她們看起來會像是情侶？

出於某種理由，當她們拿到屬於自己的房卡，往電梯前進時，程文馨牽起了葉蓉萱的手。她看著葉蓉萱逐漸泛紅的臉頰和耳根，心裡湧起一股滿足感。

葉蓉萱還沒有習慣成為她的女友這件事，她知道。但是她希望這不會花她太久的時間。

關上房門的那一刻，葉蓉萱立刻就自顧自地忙了起來。看著她專注地把兩人的行李放到架子上，又拆開拖鞋讓程文馨換上，最後跑去窗邊、過度認真地看著窗外景色的模樣，程文馨不禁笑出聲來。

啊，葉蓉萱是在害羞呢。

程文馨來到她身後，雙手圈住她的腰，讓葉蓉萱反射性地跳了起來。

「幹嘛啦。」葉蓉萱抗議。「這麼突然……」

程文馨低下頭，嘴脣貼著葉蓉萱的後頸。

「不能抱妳嗎？」她低聲說。「我們第一次一起出來玩耶。」

「沒有不行啊，但是……」

葉蓉萱的話音漸弱，但是她始終沒有回頭對上程文馨的視線。程文馨感受著臂彎中女子柔軟的身體曲線。如果可以，她真想要這樣抱著葉蓉萱，永遠不要放開。

不過葉蓉萱當然不會讓她這麼做了。

彷彿才過去沒幾秒鐘，葉蓉萱就拍了拍她的手臂。

「附近的夜市快要開了耶。」葉蓉萱宣布。「我們現在過去應該剛好唷。」

程文馨更想要現在就拉著她去泡溫泉；剛才進門時，她就已經瞥見浴室裡漂亮的大浴池了。但是她決定再讓葉蓉萱逃避一下。

她咧嘴一笑，放開葉蓉萱的身子。

「好啊，我們走。」

*

再度回到房間裡時，葉蓉萱整個人似乎變得更加焦慮了，看起來就像是四處打轉的倉鼠。當程文馨打開溫泉池的水龍頭時，葉蓉萱則躲到房間角落的扶手椅上窩著，緊盯著自己的手機。

程文馨好難想像葉蓉萱大她七、八歲，而且曾經是她的老師，更難想像她曾經和另一個人論及婚嫁。現在的葉蓉萱，看起來更像是情竇初開的小女孩。

「水放好囉。」程文馨好心地對著浴室外喊道。「我先沖澡，妳等一下快點進來。」

葉蓉萱頭也不抬地看著手機螢幕，但是程文馨很確定，她的臉頰又脹得通紅了。

程文馨竊笑著退回浴室裡，褪去衣物，打開蓮蓬頭。

把腳踏入溫泉池中，已經習慣了水溫的程文馨很乾脆地坐下了。水一路淹到她的胸口，讓她的長髮在水中飄散開來。她伸手撥弄著髮尾，但她的視線很快就被開門的動靜給吸引。

葉蓉萱正站在浴室門口，熱蒸汽向外竄去，將她包裹在其中。她已經脫下了外衣，身上只穿著內衣褲。當她注意到程文馨的視線時，她扯了扯嘴角，然後像是要慷慨赴義般踏進浴室裡。

「幹嘛？」程文馨靠向浴池邊，趴在石造的邊緣。「妳有的我也有啊，有什麼好害羞的？」

葉蓉萱瞪了她一眼，然後微微側過身去，解開內衣的釦子。

看著葉蓉萱淋浴的樣子，大概是程文馨這輩子見過最難以忘懷的畫面之一。當葉蓉萱關掉蓮蓬頭，往浴池走過來的時候，程文馨產生一種錯覺，好像她是從哪一幅藝術作品中走出來的女神。而她對女神抱持著的那種慾望，幾乎就像是褻瀆。

葉蓉萱緩緩地跨進浴池裡，在她對面的角落坐下。煙霧在她們兩人之間瀰漫，有那麼幾秒鐘，她們只是看著彼此，一句話也沒說。

葉蓉萱是第一個撇開視線的人。她吐出一口氣，讓身體更沉浸在熱水之中。

「我只是……還有點不知道要怎麼看待這件事。」她輕聲說。

「我知道。」程文馨回答。

「但我不希望妳覺得這是妳的問題。」葉蓉萱急忙補上一句。「是我。畢竟，這對我來說，還是很新……」

程文馨思索了一下。然後她問：「我可以過去嗎？」

葉蓉萱揚起一個淺淺的微笑，好像覺得她的問題有點蠢。

程文馨在她的面前跪坐下來。

「我知道。」她又說了一次。「我不想逼妳。」

葉蓉萱的臉頰泛紅。

「所以我才會提議來這裡。」她說。「我覺得，如果我可以早點突破那個心理障礙的話……這樣對我們兩個都會比較好。」

程文馨笑了起來。

「所以，這對妳來說，是做功課嗎？」

「當然不是！我只是……」葉蓉萱及時打住。她佯怒地瞪了程文馨一眼，嘴角卻帶著一點笑意。「妳是故意要逗我的，對不對？」

程文馨對她眨眨眼。但是就像這樣，兩人的氣氛突然就顯得輕鬆了起來。葉蓉萱的雙手環抱著膝蓋，她們之間的距離很近，但好像又有點太遠了。

至少對程文馨來說是這樣。

她猶豫了一秒，然後緩緩地在水下伸出手。她的指尖輕碰葉蓉萱的手腕。葉蓉萱驚訝地掙動了一下，但是沒有退開。

很好，這是一個進步。

程文馨彎身向前。

「我可以吻妳嗎？」

葉蓉萱咬著嘴唇，沒有立刻回答。但是幾秒後，她就緩緩地放開了抱著膝蓋的雙手。

或許因為泡在溫泉水裡的關係，葉蓉萱的臉頰比她想像的更熱。程文馨小心翼翼地扶著她的臉，將她的下唇含進嘴裡。

這個吻輕柔而緩慢，不過在浴室裡，所有的聲音似乎都被放得特別大。

「嗯……」

葉蓉萱輕柔的呼吸聲在她耳邊迴盪，令她渾身發熱。她嚥下一口唾沫，硬生生地向後退開了一點。

「還可以嗎？」她問。

葉蓉萱的視線轉向浴池外面的某處。

「不要再問我了。這樣很奇怪耶。」

程文馨微笑起來。

「遵命。」

她再度湊上前去。既然葉蓉萱都這樣說了，這次，她決定不再收斂。

她的手在水面下找到了葉蓉萱的身體。

葉蓉萱的呼吸明顯地顫抖了一下，但是並沒有阻止她。程文馨等待了幾秒，手指才開始沿著葉蓉萱的手臂移動，來到她的胸口。

「哈、啊……」

葉蓉萱發出的低哼，幾乎要讓程文馨融化。她回想起好幾年前的那一天晚上，當她第一次用這種方式碰觸葉蓉萱的時刻。

在沒有酒精介入的狀況下，葉蓉萱還會那麼放鬆嗎？

為了找到答案，她的手指輕輕銜住葉蓉萱胸前的突起，緩緩搓揉起來。

「嗯！」

葉蓉萱的身體向上弓起，她的雙手搭上程文馨的肩膀。

「等、等一下。」葉蓉萱低聲說，聲音帶著一點點的鼻音。

「跟上次一樣。」程文馨用同樣輕柔的音量回應。「如果妳要我停，我現在就停。」

葉蓉萱抬起眼看著她，眉頭微皺，但是她並沒有喊停。她當然不會了。

程文馨輕笑起來，用另一隻手捧住她胸口飽滿的弧度。在她們分開的這段時間裡，程文馨從來沒有碰過別的女孩子。而她怎麼會忘了，光是這樣碰觸葉蓉萱柔軟的肌膚，就足以讓她的慾望高漲難耐？

「文馨……嗯……」

葉蓉萱在她的指尖下方微微扭動著身子，就像是一種鼓勵。程文馨的眼神落在葉蓉萱的臉上，看著她半闔的雙眼，然後沿著水珠流動的方向，轉向她的嘴脣。

啊，她根本就不可能停得下來。她想念葉蓉萱太久了，不管她們之間發生過什麼事，最重要的是現在，葉蓉萱就在她面前。

親吻的聲音在浴室裡顯得更令人頭暈目眩。喘息聲從她們交疊的脣瓣之間斷斷續續地傳出。當她們好不容易暫停這個吻，各自向後退開時，葉蓉萱的眼神已經有些迷茫。

不過程文馨相信，她自己也好不到哪裡去。

「我們……回去房間裡嗎？」她問，聲音有點沙啞。

葉蓉萱輕輕點了點頭。

為了避免把床單全部弄濕，程文馨還記得要抽一條浴巾擦乾。但是就連她們幫彼此擦乾身體的動作，此時都成了最令她血脈賁張的挑逗；雖然她們的頭髮都還是濕的，但是程文馨一點也不在乎。

她一點一點，用浴巾拭去葉蓉萱身上的水珠，一邊觀察著葉蓉萱的反應。

葉蓉萱的身子顫抖不已，一開始還試著用手臂遮住身前。程文馨忍不住惡作劇地抓住她的手腕。

「別藏啊，蓉萱。」她邊說，邊把她的手臂往一旁緩緩拉開。「我好久沒有好好看看妳了。不能讓我看一下嗎？」

葉蓉萱的臉頰泛著紅暈，惱怒地瞥了她一眼。

接著，葉蓉萱似乎終於決定不再讓程文馨掌握全局。當她往床上倒去時，她便抓住程文馨的手臂，將她一起往床上帶倒。

她們的嘴脣再次相貼，而這次，葉蓉萱的手撫上了程文馨的腰際。

「啊。」

程文馨一愣，身體僵在原位。

「怎麼可以只有妳摸我。」葉蓉萱的嘴角浮現一個惡作劇的微笑。「我也想啊。」

程文馨感覺皮膚一陣酥麻。除了她自己之外，她還沒有讓別人這樣碰過她。她低頭打量著葉蓉萱的面孔。

「既然我是妳女友，這也是我的權利之一吧。」葉蓉萱挑戰道。

女友。葉蓉萱自己親口說的，她現在是她的女友了。

於是就像這樣，就算剛才程文馨還有什麼猶豫，她也立刻就放棄了。

被另一個人的手撫摸——被葉蓉萱的手撫摸——對程文馨來說，簡直就是另外一個世界。當葉蓉萱的手輕輕地撫上她的胸口時，一股電流突然竄過她的全身。

「嗯……」

她忍住向後退開的衝動，強迫自己與葉蓉萱對視。

「在我們開始交往以前，妳還有和別人這樣做過嗎？」葉蓉萱輕聲問。「我只是好奇。」

「如果我說有，妳會吃醋嗎？」

葉蓉萱一聳肩，難得露出一抹惡作劇的微笑。

「我都什麼年紀了，怎麼會跟小朋友吃醋呢？」

程文馨也露出笑容，但是她懷疑自己的嘴角在顫抖。葉蓉萱的表情沒有改變，但她的手指卻靈巧地在程文馨的胸前游走。

就連程文馨自己解決慾望的時候，她也很少碰觸自己的胸部，也許幾乎沒有；對她來說，那似乎是個比任何地方都更為敏感的地方，而她的身體下意識地迴避所有的接觸。但是此刻，在葉蓉萱輕柔的撫摸下，她一開始想逃的衝動，卻逐漸轉變成了另一種東西。

「哈……」

程文馨無法克制自己的喘息。被葉蓉萱碰觸到的地方，接近乳尖四周的皮膚，那股酥麻的感覺，讓血液不斷往她的下身湧去。她忍不住夾緊雙腿，試著平息發熱的感受。

「沒有。」她低聲說。「我從來沒有碰過別的女生。」

不管是在葉蓉萱之前或之後，都沒有。

葉蓉萱對她展開一抹甜美的笑容，一手溫柔地將程文馨的左胸覆蓋在掌中。

程文馨知道她的身材不如葉蓉萱的豐滿，曲線也不如她柔軟；說實話，程文馨實在不知道和女孩子交往，對方可能會在意些什麼。但是她自己從來不在乎；只要是葉蓉萱，怎樣都好。

而葉蓉萱似乎也不在乎。

她的嘴唇再度對程文馨微微張開。程文馨沒有猶豫，再度俯下身，吻上她的唇。程文馨盡可能地讓自己保持專注，不要被逐漸堆積起來的慾望帶走。

她輕輕撫弄著葉蓉萱的乳頭，模仿葉蓉萱的動作，按壓、揉捏。一陣陣像電流通過般的感受在她的皮膚下流竄。

「哈，啊……蓉萱……」

她微微向後退開，但她不確定自己為什麼要叫蓉萱的名字，此時此刻，她什麼都不確定。

程文馨從來不知道自己也會發出那樣的聲音。不只是自己身體被挑逗所帶來的反應——她的喘息和哼聲，與葉蓉萱的聲音交織在一起，而視覺和聽覺的雙重刺激，令她陷入像是夢境一般的朦朧之中。

她的胸口不自覺地向前挺起，感覺到自己的胸口碰到了柔軟的肉體。

「嗯、哈……」葉蓉萱的頭向後仰去。

程文馨整個人幾乎要被慾望捲走。她胸前的敏感處與葉蓉萱的身體輕微摩擦的感覺，居然也會讓她這麼興奮？

看來，她對自己還有太多不了解的地方了。但是沒有關係。接下來她會有很多時間和葉蓉萱一起學習。

「文馨……」葉蓉萱的視線對上她的，在斷續的喘息之間。「幫我，好嗎？」

不知為何，聽見葉蓉萱這麼說，就像打開了某種開關，讓程文馨的皮膚像被點燃般熱燙起來。

她的手往葉蓉萱的雙腿間探去。接著，她就立刻感覺到葉蓉萱也做了同樣的動作。程文馨渾身一顫。她們的視線在半空中相會。

「我們一起。」葉蓉萱輕聲說。

程文馨嚥了一口口水。

葉蓉萱的指尖找到了她最柔軟、最隱密的核心，而程文馨的身體彷彿短暫脫離了她的掌握。她的雙腿反射性地夾起，手指的動作暫時停頓了下來。

「我……」她艱難地開口。「我從來沒有這樣做過。」

「所以和我一起。」葉蓉萱的聲音幾乎像是耳語。「這樣妳就不會怕了。」

程文馨並不是怕。好吧，或許有一點。但是比起害怕被人撫摸和挑逗，她更害怕的或許是接下來要發生的事。

她可以感覺到身體的慾望有多強烈、多難耐。她害怕的是，這樣的高潮會把她帶去什麼地方。

但是在葉蓉萱輕柔的撫摸與探索之下，程文馨可以感覺到身體逐漸放鬆下來。

她想和葉蓉萱一起體驗這一切。不管是什麼，只要和葉蓉萱一起，她就可以承受。她知道的。

「好。」她說。

她低下頭，吻上葉蓉萱的胸口。她感覺到葉蓉萱的手指輕輕搓揉著她柔軟的突起，讓她的身體不由自主地擺動。

「嗯……哈啊。」

她的眼前一白，她只能勉強自己，把僅存的注意力放在手指的動作上。

程文馨沒有想過，這世界上還有第二個人，能像她一樣了解她的身體。快感堆積的感覺幾乎要令她落淚，就算她咬緊嘴唇，也無法阻止自己的呻吟聲逸出嘴角。

隨著葉蓉萱的手指動作加快，程文馨身體的快感，終於壓過了她的理智。

「蓉萱、蓉……」她斷斷續續地低聲說道。「我快要，快要——」

「嗯——」

她不確定她們是誰先達到高潮的，但是答案或許也沒那麼重要了。當她渾身綿軟地從一片空白中恢復過來時，葉蓉萱的身子正在她懷中微微抽動著。

程文馨撥開落在葉蓉萱臉上的溼髮，在她的額頭上落下一個輕柔的吻。

葉蓉萱深吸一口顫抖的氣息，然後喃喃說了一句什麼。

程文馨湊向她的脣邊。「我聽不到。」

「我說，再不起來吹頭，明天頭會痛死啦。」葉蓉萱說。

程文馨咯咯笑了起來。

「有夠破壞情調的。」她說，一邊從葉蓉萱身上爬起。「走吧，我幫妳吹頭髮。」

葉蓉萱沒有馬上起床，而是伸出手，勾住程文馨的脖子，在她的嘴角印下一個吻。

不知為何，程文馨突然覺得，這或許是她這輩子最甜蜜的吻。她微微一笑、拉起葉蓉萱，牽著她的手往浴室走去。

（End.）

定價
NT$280
HK$93

她的唇，她的吻

希澄 / 作者　JUAN捲 / 插畫

「KadoKado角角者」人氣連載作品單行本化！
我想與妳做個交易，就看妳敢不敢接受！

魏瀾被父母強迫去相親，但到現場才發現相親對象缺席，改由對方的表妹代替。魏瀾沒想過會見到那個令她恨之入骨的女人蕭黎暄。蕭黎暄暗戀魏瀾無果後，決定捨棄並肩同行的天真想法，走到魏瀾的對立面成為魏瀾的對手。她所做的一切，只是為了讓魏瀾多看她一眼……

定價
NT$320
HK$107

在血櫻樹下親吻妳的淚

風說 / 作者　**+1** / 插畫

KadoKado百萬小說創作大賞・戀愛小說組銀賞作品

溫奈對夏滕的暗戀持續了很久，從大學相識到畢業後一起開店，但始終沒有表白的契機與勇氣。原本以為她們平凡幸福的小日常可以一直維持下去，但暴雨那天卻發生了意外，夏滕為阻止某名男孩欺負小貓，竟失手害死了對方。接下來的發展逐漸失控，變得混亂……

定價
NT$300
HK$100

貓與海的彼端

巧喵 / 作者　星期一回收日 / 插畫

榮獲日本國際漫畫獎銀獎原著同名小說！
泛黃的紙捲、褪色的線條，這是一切的起點。

人群恐懼的邊緣人吳筱榕和班級風雲人物童可蔚，看似天與地的差別，卻因一次「情不自禁」的觸碰，變成了最要好的朋友。如小太陽一般溫暖的可蔚，慢慢融化了筱榕的心防，兩人更在一同創作的過程中，體驗了各種甜蜜、酸澀、微苦的滋味……

國家圖書館出版品預行編目資料

今晚，星光依然燦爛 / 非逆作 . -- 初版 . -- 臺北市
: 臺灣角川股份有限公司，2024.06
面； 公分
ISBN 978-626-400-096-3(平裝)

863.57　　113005084

今晚，星光依然燦爛

作者・非逆
插畫・九日曦

2024 年 6 月 19 日 初版第 1 刷發行
2024 年 9 月 4 日 初版第 2 刷發行

發行人・台灣角川股份有限公司
總監・呂慧君
編輯・喬齊安
美術設計・李曼庭
印務・李明修（主任）、張加恩（主任）、張凱棋、潘尚琪

台灣角川

發行所・台灣角川股份有限公司
地址・104 台北市中山區松江路 223 號 3 樓
電話・(02) 2515-3000
傳真・(02) 2515-0033
網址・www.kadokawa.com.tw
劃撥帳戶・台灣角川股份有限公司
劃撥帳號・19487412
法律顧問・有澤法律事務所
製版・尚騰印刷事業有限公司
ＩＳＢＮ・978-626-400-096-3